わたしはドルチェじゃありません！

～敏腕コンサルのめちゃあま計画～

目次

わたしはドルチェじゃありません！
～敏腕コンサルのめちゃあま計画～

プロローグ

「えっ、別れるってどういうこと？」

「その言葉通りの意味だよ。別れよう、オレたち」

突然すぎる久嗣《ひさし》の宣言に、目の前が真っ暗になった。

別れるだなんて、わたしと彼には無縁な言葉だと思っていた。だから、その意味が一瞬、わからなかったのだ。

——別れるって、わたしと久嗣が……？　彼氏と彼女の関係じゃ、なくなるってこと？

「じょ、冗談でしょ。だってついこないだ、付き合って半年の記念だねって、お祝いしたばっかりだし、そもそもわたしたち、喧嘩《けんか》もしないで上手くいってたじゃない。それなのに何でいきなり」

自分でも早口になっているのはわかる。けれど、一息に言わずにはいられなかった。

——そんなはずはない。

付き合ってちょうど半年の記念日デートで、久嗣は「これからもよろしくね」なんて囁《ささや》いて、わたしに優しくキスしてくれた。あのときの唇の感触を、まだ鮮明に覚えているのに。

テーブル全体を大きなパラソルが覆《おお》っていても、七月中旬の日差しはギラギラと攻撃的だ。テラス席で向かい合って座るわたしと久嗣に、容赦《ようしゃ》なく、そして執拗《しつよう》に照りつける。

気を取り直すように、わたしは目の前にあるグラスを片手で持ち上げた。外の気温に耐《た》えかねて汗をかいている筒型のそれから伸びるストローに口をつけて、中身を飲む。

さっきまでアイスティーの味がしていたのに、今は何の味もしない。

「とにかく、もうそんな気じゃなくなったってこと」

「わかんないよ、それじゃ」

「つーか理解しろよ、普通に」

ごねるわたしに、丸テーブルの向かい側から久嗣が苛立《いらだ》った声を上げる。

――あれ、と思った。

いつもにこにこと温かい笑みを向けてくれていた彼が、今は不機嫌そうな、怖い顔をしている。口調や言葉の響きも、これまで聞いたことのない冷たいものだ。まるで全く別の人と話しているようにさえ思える。

そういえば、今日話があると呼び出され、この席に座ったときから違和感を覚えていた。

これまで久嗣は、「できるだけみやびちゃんの近くにいたいから」とか言いつつ、わたしと横並びで座るのを好んでいた。それなのに、今日はわたしとの間に椅子を一つ挟んで座ったのだ。離れて座るなんて珍しい、と思っていたところだった。

「理解なんて――」

わたしが再度口を開いたとき、久嗣はそれを遮《さえぎ》るように両手をテーブルについて立ち上がった。

「言葉で説明しなきゃわかんないのかよ。オレは単純に、オマエに飽きちゃったわけ。一緒にいても楽しくないし、全然ドキドキしない。女として見られない」

久嗣の辛辣《しんらつ》で直球な言葉が、鋭い刃となってわたしの胸にブスブスと突き刺さる。

今まで呼ばれたことのない「オマエ」という呼称の違和感に反応できないまま、後に続く言葉で心が致命的なダメージを負う。

「だから別れる。もう連絡しないでくれよ。てか、されても返さないから。じゃあな」

「ちょ、ちょっと待ってよっ、ねぇってば……！」

久嗣は言うだけ言ったあと、これで用事は終わったとばかりに歩き出した。

引き留めようとするわたしに一瞥《いちべつ》もくれず、彼は逃げるように早足で席から遠ざかっていく。

ほんの数分前までわたしの目の前に座っていたはずの彼は、人混みに紛《まぎ》れてすぐに見えなくなった。

「……嘘でしょ」

呆然《ぼうぜん》と呟きながら、再びアイスティーを口にする。やはり味のしない液体が、ただただ喉《のど》を通りすぎていった。

「うわー、人がフラれるとこって初めて見たわ……」

「ヒサンだねー。かわいそー」

さっきまで他愛もない話題で盛り上がっていた、後ろのテーブルの若い女子ふたり組。彼女たちのヒソヒソ声が耳に入って、心に刺さる。

認めたくないけれど……おそらくわたしはたった今、フラれたのだ。

久嗣との仲は順調そのものだと思っていたのに、それは大きな勘違いだったらしい。

交際期間はおよそ半年。彼からの熱烈なアプローチで始まった恋の結末は、思いのほかあっけなく終わりを迎えた。

まるで砂糖菓子のような、ひとときの甘い夢だったのではないか――。そう思えるくらい、本当に束の間の甘い時間は、あっさり消えた。

「……最悪」

咥《くわ》えたストローを奥歯で強く噛《か》んだ。それから、やり場のない気持ちを吐き出すみたいにして呟く。

突如訪れた失恋に打ちひしがれているわたし――若林《わかばやし》みやび、二十六歳。

しかしこの直後、更なる大きな不幸がわたしに襲いかかるだなんて――このときのわたしはまだ、知る由《よし》もなかった。

1

衝撃の出来事から三日。明るさとポジティブさが取り柄のわたしは、早くも失恋の痛手から立ち直りつつあった。

別れたその日に、久嗣と共通の友達である佳奈《かな》から電話が来て、彼が二股をかけていたことを知ったのだ。それも、わたしは本命ではなく二番目だったというのだから、驚きを通り越してもはや感心してしまう。よくもまぁ、半年間も隠し通せたものだ。

このタイミングで別れを切り出したのは、本命の彼女と結婚話が持ち上がったためだそうだ。わたしとの関係を清算しなければ、破談になると思ったらしい。

佳奈は仲間内から久嗣の結婚の噂《うわさ》を聞きつけ、すぐに連絡をくれた。しかし、既に別れを切り出されたあとだと告げると、わたしの気持ちを代弁するように久嗣を詰《なじ》っていた。

「ありがとう、でも意外とわたし、平気かも」

フラれたばかりで強がりに聞こえたかもしれないけど、その言葉に嘘はなかった。

もちろんショックは大きいし、悲しい。けど、どこかでせいせいしている部分もあったからだ。

別れ際のあの冷酷な態度が彼の本性なのだとすると嫌悪感《けんおかん》が募《つの》るし、もっと関係が深くなってから発覚するよりは何倍もマシだと思えた。

まぁ正直なところ……わたしも二十六歳になったたし、このまま結婚までまっしぐら――なんて想像も、していなくはなかった。それは認める。

だけど恋愛はなかなかどうして、思い通りにはいかないものだ。

……とにかく、久嗣との半年間は、悪い夢でも見たと思って忘れよう。それがいい。

モヤモヤした思いを抱きつつも、わたしはそう、自分に言い聞かせた。

ところが――心の平穏を願うわたしに再び悲劇が起こったのは、久嗣と別れた一週間後の夜だった。

「みやびちゃん、ちょっといいかしら？」

夕食のあとの、一日の疲れを癒《い》やす心地良い時間。

わたしはリビングのソファに寝転び、ぼんやりとテレビを眺《なが》めていた。すると、キッチンから水の流れる音とともに、自分を呼ぶ母の声が聞こえてきた。

「何？」

優しくか細い母の声は、聞き取りにくい。わたしは、手にしていたリモコンでテレビの音量を少し小さくしてから、声を張って訊《たず》ね返した。

キュッという金属質な響きがして、水音が止まる。ほどなくして、パタパタとスリッパの底を鳴《な》らしながら、リビングに母が来た。

「大事な話があるの。お父さんを呼んでくるわね」

「……う、うん」

五十二歳という年齢に似合わずいつもほわほわとした雰囲気の母が、今は口元を引き締《し》め、どことなく不安そうな表情をしている。それが引っかかり、おのずとわたしの返事も、驚きと困惑が入りまじったものになる。

何となく不穏に感じてテレビの電源を落とし、リモコンをローテーブルの上に置いた。

母は、三階にいる父を呼びに行っているようだ。

ソファから身体を起こしたわたしは、無意識に脚を揃《そろ》えて姿勢を正した。

――もしかして、お店に関する話だろうか。なんとなく、そう思った。

わたしの家は、小さな洋菓子店を営んでいる。その名も、『洋菓子の若林』。そこは、わたしの父・雄介《ゆうすけ》と、母・真理枝《まりえ》が、東京の片隅で二十四年間、一生懸命守り続けてきた洋菓子店だ。ひとり娘のわたしは、その二代目にあたる。

パティシエになって自分の城を持つのが、父の昔からの夢だったらしい。

都会のパティスリーのような派手さや華麗さはないけれど、食べるとホッと一息つけるような、温かみのあるスイーツが売りのこぢんまりとしたお店だ。

華やかな都会のパティスリーを余所《よそ》行きのオシャレ着にたとえるなら、我が家はヘビロテしたい普段着といったところだろうか。

わたしは、普段の生活の中にフィットするこの店が大好きだ。

三階建ての賃貸物件である我が家は、一階が店舗、二階と三階が住宅になっている。最寄り駅から徒歩五分という立地のよさで、賃料はかなりお高め。

それに加え、製菓のための厨房《ちゅうぼう》と包装室を兼《か》ねた物件を別に借りているので、その分の賃料も払っている。毎月その賃料を捻出《ねんしゅつ》するのが非常に厳しく、実は過去何度も滞納《たいのう》していたりする。

もともとは、ここまで経営は厳しくなかった。しかし時代の波というのかなんというのか……。昔ながらの地味な『洋菓子の若林』は、年々、お客を減らしていた。

さらに不運にも一年前、お店の目と鼻の先に、全国展開のケーキショップ『ヤミーファクトリー』がオープンしたのだ。それからは、ただでさえ少なくなっていた客足が、ガクンと減った——それはもう、はっきりと、わかりやすいほどに。

「やっぱりお客さんは、どこでも食べられる慣《な》れた味のほうに行ってしまうのかねえ」なんて、寂《さび》しそうに笑う両親を見るにつけ、わたしの胸はズキンと痛んだ。

けれど、そのままでいいはずがない。

落ち込むふたりを元気づけなきゃと、わたしは自分なりに様々な提案をし、行動にも移していた。

例えば、季節ごとに新商品を発案してみたり、オリジナルバースデーケーキの受注製作を勧《すす》めたりとか。

……けれどこれらの試みは、現在に至るまで、売り上げアップにはほとんど繋《つな》がっていない。

それらを考えると、母があんなに改まった口調で切り出すのは、お店のことで間違いないだろう。

——また、売り上げが下がったのかもしれない。

そんな思考を巡《めぐ》らせているうちに、両親が揃《そろ》ってリビングに入ってきた。そして、L字ソファの端に座るわたしと身体を向かい合わせる形で、ふたりがそこに腰かける。

父は母より三つ年上の五十五歳。昭和生まれの職人の割には、感情の起伏が少なく、家族思いだ。

改めてこうして顔を突き合わせてみると、昔より顔や肩幅が一回り小さくなったように思う。

仕事以外はほとんど興味がない、仕事一筋な人。だから、部屋着のスウェットも色が上下ちぐはぐな組み合わせだけれど、気にしている風は全くない。

しばらくの間、言葉を探すようにして沈黙する両親。その妙《みょう》な空白に先に耐《た》えられなくなったのは、わたしだ。

「話って何なの、改まっちゃって」

努めて明るい口調で言う。ふたりの言葉が、わたしと同じトーンで返ってくるのを期待したのかもしれない。けれど――

「もう、一家心中しかない。お父さんたちと一緒に、覚悟を決めてくれないか」

「はあっ⁉」

わたしは一瞬、父が何を言っているのか全く理解できなかった。

「ごめんね、みやびちゃん。私たちも、こんな形で終わるなんて考えてもみなかったんだけど……でも、仕方ないのよ」

母は話しながら、両手で顔を覆《おお》って泣き出した。

父がそんな母の膝《ひざ》にそっと触れ、慰《なぐさ》めるように言う。

「オレがふがいないばっかりに、すまなかったな、真理枝。最後まで苦労かけて」

「いいえ、私、幸せだったわ。あなたと結婚して、みやびちゃんっていう可愛いひとり娘も授《さず》かったんだもの」

「そうだな。終わりこそこんなだったが、俺たちの人生も悪くはなかったよな」

「ちょっ、ちょっと待って待って、ストップ！　勝手に人生を締《し》め括《くく》ろうとしないでよ！」

目の前のふたりが湿《しめ》っぽい三文芝居を始めたものだから、わたしは両手を前に押し出し、制止するようなジェスチャーをしながら喚《わめ》いた。

「みやびちゃん……」

わたしの顔を見つめて弱々しく呟く母に、さらに語気強く続ける。

「お母さん、メソメソ泣かない！　それにお父さん、いきなり心中とか物騒なこと言わないでよっ。まずはどういうことなのか、わかるように説明して！」

「わ、わかった……実はな——」

父がたどたどしく説明を始めた。

要約すると、つまりこういうことらしい。

店の経営は悪化の一途を辿《たど》っていて、家賃は三ヶ月も滞納《たいのう》している状態にある。そんな状況を案じた大家が、このまま家賃を支払えない状態が続くのなら、立ち退《の》いてくれと言ってきたそうだ。

ここを追い出されたら、他に行く当てなんてないし、別の場所で再出発する余力がうちに残っているわけもない。

だから、こうなったらもう、首をくくるしかない、と。

そうは言っても一家心中とは……

「そんな。何か方法はないの？　——その、お金を借りたりとか」

「心当たりは全部当たったが、無理だった」

「……そうなんだ」

「ただ、一つだけ方法があることはあるが——」

「あるんだ!?　何？　それを教えてよ！」

困った様子で言った父の言葉を遮《さえぎ》って、先を促《うなが》す。

「それが……」

父が歯切れ悪く言い淀《よど》み、となりの母はそんな父の反応を見て、一層激しく泣いている。

「……蛭田《ひるた》さん、いるだろ」

「ああ、うん」

わたしの眉間に、無意識のうちに皺《しわ》が寄る。

蛭田幸三《こうぞう》——我が家の大家だ。

とはいえ、彼とかかわりをもつようになったのは、つい最近のこと。それまで私たちが借りている物件の所有権は、別の人物にあった。それが訳あって、蛭田さんに代わったらしい。

わたしはこの蛭田という男が、反吐《へど》が出るほど嫌いだ。

蛙《かえる》に似たアイツの顔を思い出し、背筋に冷たいものが走った気がして、ぶるりと身震いする。

つい先日還暦《かんれき》を迎えたという蛭田さんは、下町の繁華街で数多《あまた》のいかがわしいお店を経営している。そればかりか、一夫一妻制のこの国において、なんと三人の妻がいるのだ。しかも、妻のうちふたりは二十代だというのだから、本当にとんでもない。

父と娘、いや下手すると祖父と孫ほど年が離れた女性と結婚する神経が理解できないし、妻が三人もいるというアウトローすぎる家族構成も当然受け入れられない。

そもそも「三人と同時に婚姻関係は結べないんじゃないの？」と疑問に思ったけど、どうやら本妻以外のふたりとは、養子縁組をしているらしい。そこまでして無理やり戸籍を繋《つな》ぐなんて、その執念に恐怖すら覚える。

蛭田さんの嫌いな要素はいくつも挙げられるけど、一番頭にきたのは店をバカにされたことだ。

一度、蛭田さんがお客として店にやって来たことがあった。もともと蛭田さんのことはいけ好かないヤツだとは思っていたけれど、それでも新しく大家になった人だし、いい印象を持ってもらわなくてはと、わたしは好意的に接客しようと思った。

ところが、アイツは店に入るなり「センスがない」「薄汚い」「古い」、さらには買った菓子をその場で食べて「不味《まず》い」と散々に貶《けな》してきたのだ。挙句《あげく》――

「こんなしょうもない店、早く畳《たた》んだらどうだね？　でなければ、負債が増すだけだ」

……悔《くや》しかった。

両親とともに、コツコツと一生懸命作り上げたかけがえのないものを全否定されて、わたしはとうとう我慢できなくなった。

「アンタに何がわかるのよ！　もうここには来ないで!!」

大家相手に理性を欠いた発言なのはわかっている。でも、言わずにはいられなかった。

怒った蛭田さんは「何様だ、無礼な！」と顔を真っ赤にして帰っていったけれど、心の中でその言葉をそっくりそのままお返しした。

――ああ、蛭田さんなんて聞いたら、あのときの怒りが蘇《よみがえ》ってきた。

「で？　その蛭田さんがどうかしたの？」

「実はな……蛭田さんが、ある条件を呑むなら、店を続けても構わないって言うんだ。それも、家賃は未来永劫《えいごう》支払わなくていいとも言ってる」

「何それ」

わたしは目を瞠《みは》った。あの嫌味な男が、そんな温情をかけることなんてあるんだろうか。

「で、条件って何なの？」

先を促《うなが》すと、父は顔を俯《うつむ》けて小さくため息を吐いた。

それから、よく耳を澄《す》まさなければ聞こえないような、小さな小さな声で呟く。

「その、みやびを……嫁にほしい、と」

「嫁!?」

「みやびを、四番目の妻にしたい。蛭田さんはそう言っていた」

「……」

――それって、わたしが四番目の妻として蛭田さんと結婚するってこと?

想像しただけで気分が悪くなって、口元を押さえた。そして。

「ない！　絶対絶対絶対ぜーったいに、ない、無理だから!!」

わたしは嫌悪感《けんおかん》も露《あら》わに叫んで、ぶんぶんと左右に首を振った。

いやだ。いやだ。いやだ――是が非でも、それだけは、絶対いやだ!!

「首を振りすぎて眩暈《めまい》が……」

「だ、大丈夫か、みやび？」

頭がぐわんぐわんする。

額《ひたい》を押さえるわたしを心配した様子で、父が声をかけた。

しかし、わたしは父に噛《か》みつかんばかりの勢いで反論する。

「大丈夫なワケないでしょっ、誰があんなヤツとっ……だいたいわたし、アイツとケンカしたんだよ。お父さんとお母さんがいないとき、お店で」

あのときの蛭田さんは酷く腹を立てていた。そんないけすかないはずのわたしを、たとえ嫌がらせのつもりでも、自分の嫁に迎え入れるはずがない。

「蛭田さんからその話も聞いた。どうやら、あちらはみやびのそういう、気の強い、はっきりしたところを気に入ったみたいなんだ」

「そんなこと言われても！」

ちっとも嬉しくなんてない。いや、むしろ蛭田さんから異性として興味を持たれている、と知って、悪寒《おかん》が止まらない。

「……わかってる、みやびが蛭田さんを毛嫌いしているのは知っているし、もちろん父さんたちも可愛いひとり娘をこんな不本意な形で嫁に出したくはない。だがこの話を断ったら、我が家は終わりなんだよ」

この世の終わりとばかりに頭を抱える父を見て、それまで嗚咽《おえつ》を漏《も》らすだけだった母が口を開いた。

「ここを追い出されたらお店は諦めなきゃいけないわ。そうしたら、家も職も失うわけでしょう。私もお父さんも歳だからなかなか再就職先もなくて、生活もままならないでしょうし……」

ようやく話の全貌《ぜんぼう》が見えてきた。

店を継続させるには蛭田さんから家賃の援助を得るしかない。でも、そのためには、わたしをアイツに売り飛ばさなきゃならない。

両親はどちらも選べないのだ。お店もわたしも、どちらも大事だから。

「だいたい、今まで菓子作りしかしてこなかった父さんと母さんに、他に生きていく術《すべ》なんてあるわけがないんだ。生き恥を晒《さら》すくらいなら、店を畳《たた》む前に人生ごと畳《たた》んでしまったほうがいい」

父がブツブツと極論を繰り出すと、母は妙《みょう》に優しい笑みを浮かべわたしを見た。

「大丈夫よ、みやびちゃん。眠るようにあちらへ逝《い》ける方法もあるってお父さんと調べたの。だから心配しないでね」

「お母さん」

何が「大丈夫」なのか。何が「心配しないで」なのか。

母の異様な台詞《せりふ》を聞いて、眉間に力が入る。

「睡眠薬をいっぱい飲むのは失敗したときが厄介だ、って本に書いてあったから、やっぱり一酸化炭素中毒がいいかしらね。狭い部屋にガスを充満させる方法なら手軽でしょう」

「ぶ、物騒なこと言わないでよ」

縁起でもない――と突っ込んではみたものの、どうしよう。母の目が笑っていない。

顔は笑っているのに、目だけは悪霊にでも取りつかれたかのように病的で、生気がない。

いや、母だけじゃない。よく見ると父も同じ目をしていた。

「誰が一番最初にあっちに逝《い》けるか競争しようか」

「うふふ。そうねお父さん、負けないわよ」

虚《うつ》ろな目をして笑う両親。ふたりとも、解決法はそれしかないのだと信じているようだ。

「家族三人一緒なら、何も恐れるものはない。天国でも一緒にお菓子屋さんをしような」

「あら、向こうでもお店が開けるなら、楽しみになってきちゃったわ。ねえ、みやびちゃん？」

「楽しみなわけないでしょ、いい加減にして！」

もう聞いていられない。わたしは、現実逃避しようとする両親を一喝《いっかつ》した。

「お父さんもお母さんも、悩みすぎておかしくなっちゃったわけ？　一家心中なんて間違ってる、正気に戻ってよ」

わたしは父と母――ふたりをしっかりと見つめて言った。

「どっちも選べないから心中だなんて、そんなの一番ダメ。アイツの嫁に行かないで、お店も続けられる方法を探そうよ」

真剣な訴えは、ふたりに届いたらしい。どこか遠くを見ていた父と母は、眠りから覚めた直後のようにハッと表情を変えた。

「わ、悪かった。確かに、まだ若いみやびにさせるようなことじゃないよな。だけど、そんな方法なんて……」

父が困惑した様子で項垂《うなだ》れる。その様子は、考え尽くしたあとだと言いたげだ。

わたしは、暗い気分を振り切るように笑顔を作った。

「今は考えつかないだけで、ちゃんとあるかもしれない。そのベストな考えに辿《たど》り着いてないだけかもしれないでしょ？」

「みやびちゃん……」

母の瞳に、微《かす》かに光が戻った気がした。その様子に安心して、話を続ける。

「結論を出すのはまだ早いよ。立ち退《の》きの期限はいつまでなの？」

わたしが訊《たず》ねると、父が顎《あご》に手を当てて、少しの間逡巡《しゅんじゅん》する。

「月末まで、ということになってる」

「月末か」

頭の中で七月のカレンダーを思い浮かべる。

あと二週間もない。

しかし、二週間もある、と考えることもできるはず。これだけの期間があれば、起死回生《きしかいせい》の案を思いつけるかもしれない。

わたしは勢いよく立ち上がると、ぐっと拳《こぶし》を握《にぎ》った。そして、まだ不安そうな表情をしている父と母に強く宣言する。

「時間はまだあるんだから、諦めないで頑張ろう。お店を続けられる方法を、わたしも一生懸命考えてみる！」

弱気な両親を鼓舞《こぶ》するようにみせかけて、実は自分自身を勇気づけていたのかもしれない。

そう。諦めたら一家心中コースだ。

大好きな『洋菓子の若林』は、わたしの居場所で心の拠《よ》り所。

なくなるなんて……そんなこと、あってはいけないんだから！

蛭田さんのいいようになんてさせない。家族とお店は、わたしが守る。

このときには、もう失恋のことなんて頭からすっぽ抜けていた。終わった恋愛が思考に入り込む隙なんてない。

今のわたしは、生きるか死ぬかの瀬戸際にいる。とにかくどうしたら仕事や家族を失わずにすむのかを考えなきゃ。だから、クヨクヨしていても仕方がない。

前を向く。行動する。それしかないんだ——

2

「はぁ……」

閑古鳥《かんこどり》の鳴《な》く店内。

そのレジの傍《そば》にある、細かな傷だらけのカウンターに突っ伏したわたしは、今日何度目なのかわからないため息を吐いた。

蛭田さんと結婚せずに、お店を続けられる方法を考える——なんて宣言したものの、その具体的な方法を何一つ思いつけないまま、時間だけがすぎていた。

来月も家族三人でこのお店を続けるためには、家賃を納《おさ》めなきゃいけない。

経営不振の我が家が短期間で資金を調達できるとしたら、方法は三つ。

一つ目、誰かから借りる。

これは父が親戚や友人といった心当たりと再度連絡を取ってくれたけれど、全滅だった。ならば銀行から融資を受けられないかと当たってみるものの、家賃を滞納《たいのう》している我が家が信用されるはずもない。そのセンはあっさり消えた。

二つ目、店での売り上げを当てにするのではなく、別口で働いて稼《かせ》ぐ。

悪くはない案だと思ったけれど、残り時間はわずかだ。この短期間で目標額まで稼《かせ》げるような仕事なんて、ロクなものじゃない。これも消えた。

で、三つ目。棚ボタを狙う——具体的には、蛭田さんの気が変わるのを待つ、とか、こちらから借金を申し込んだ人が、やっぱり貸してあげるよと言ってくれるのを待つ、とか。もっといえば、無条件に救いの手を差し伸べてくれる人が現れるのを期待する、とか。神様に祈る、とか。

……とにかく、ひたすら、運がこちらに向いてくれるのを待つ、というものだ。

「そんなの、上手くいきっこないよなぁ～……」

わたしは脱力しながら弱々しく呟いた。

わかってる。そんな都合のいい展開、あるわけがない。

あまりの情けなさで涙が出そうになる。

つまるところ、ドン詰まり。身動きのできない状況にあるということだ。

……マズい。一家心中の結末が、リアルに迫《せま》ってきている。

焦れども、一向にお客さんがやってくる気配はない。

わたしは、助けを求めるようにエントランスの扉を見つめた。

白い木の枠にガラス窓のついた扉から、外の様子を少しだけ窺《うかが》うことができる。

駅から近いため、人通りは結構あるのに、通りかかる人のほとんどが、この店に興味を持たない。

――どうしてこんなことになっちゃったかなぁ。

もう一度ため息を吐いた。落ち込んだところで解決にはならないと思いつつ、考えずにはいられない。

わたしがまだ幼いころは、それなりに繁盛《はんじょう》していたはずなのだ。お正月にバレンタイン、クリスマス。季節のイベントごとに、両親は忙しそうだったから。

だけど、わたしが小学生になり、中学生になり、高校生になるにつれて、お客さんの出入りがどんどん減っていった。

決して仕事の手を抜いているわけじゃない。いつ見ても両親は真面目に働いていたし、父の作るお菓子は常に最高の出来だった。

とくに、パウンドケーキは絶品だ。味ももちろんだけど、見た目がとくに可愛らしかった。

パウンドケーキというと、お酒に漬《つ》けたフルーツやナッツの類《たぐい》を生地にまぜて焼いた、全体的に茶色っぽく素朴なお菓子のイメージ。

だけど父が作るそれは、バニラ味とストロベリー味のマーブル生地に、ストロベリージャムで作った硬めのゼリーをハートに模《かたど》って流し込んである。

贈答用やおもたせに選んでもらえることが多く、オープンから現在までこの店の一番人気を守り続けている、特別な品物だ。

わたしがこのパウンドケーキを愛するわけは、もう一つある。それは、この商品が誕生した理由にあった。

父が初めてこの商品を作ったのは、まだお店を開く前、もっと言うと母と結婚する前のこと。シャイな父は、甘いものが大好きな母にプロポーズするとき、自分の得意なお菓子で母に気持ちを伝えることができないかと考えたらしい。

母は部屋を訪ねてきた父からお土産《みやげ》のケーキを受け取り、ナイフでカットする。断面の中心に大きなハート型が現れ驚く母に、父がすかさずプロポーズをしたそうだ。

女性の好みにうとい父が、どうしてこんな可愛らしい商品を生み出すことができたのか、ずっと気になっていたのだ。しかし、そのエピソードを聞いて、なるほど、勝負をかけて作ったお菓子だったからか、と、嬉しい気持ちになった。

だけどそれは、父の娘であるわたしだから思えることなのかもしれない。

近隣に『ヤミーファクトリー』ができ、今の時代に合ったキャッチーで写真映えするようなスイーツが珍しくなくなって、いつの間にかこのパウンドケーキは見向きもされなくなってしまった。

……うちのだって、負けていないのに。

レジ前に置いてある、小分けにカットしてラッピングされたパウンドケーキに視線を落として、さらにため息を吐いた。

――いけない、いけない。ため息を吐くと幸せが逃げるんだっけ。

こんなに連発していたら、ただでさえ欠乏している幸福がまったく寄りつかなくなってしまう。

めげてはいけないと思い顔を上げると、入り口の扉に人影が見えた。

……お客さん？

チリンチリン、と扉に取りつけてあるベルが涼しい音を立てる。

「いらっしゃいま……せ」

その音に続いてかけた声が一瞬詰まる。

入ってきたのは、スーツを着た若い男性だ。歳はわたしと同じくらいか、少し上といったところだろうか。ぱっと見ただけでドキッとするほどのイケメンだ。こんなにかっこいい人、そうそうお目にかかれない。

レジ横の置時計を見ると、現在の時刻は十二時すぎ。

ランチどきであるこの時間は、皆お菓子ではなく昼食を取るため、一日の中でももっともお客さんが少ない時間帯だ。

誰か来たとしても、近所に住む主婦がどこかへ出かけるときの手土産《てみやげ》を買ってくれるくらい。男性の、しかもビジネスマンの来訪はかなり珍しい。

わたしは改めてその男性に視線を戻した。

ネイビーのスーツにライトブルーのシャツ、そしてライトグリーンのネクタイという装《よそお》いが目を引く。

この暑い時季にネクタイをきっちりと締《し》めているとは、何て生真面目な人なんだろう。

男性はわたしにちらりと視線を送ったあと、店内をぐるりと囲むように陳列してある焼き菓子を眺《なが》めた。

パーマのかかったふわふわとしたマッシュヘアが柔和《にゅうわ》な雰囲気なのに対し、奥二重《おくぶたえ》のキリッとした目元と高い鼻からは、シャープな印象を受ける。そのアンバランスさが妙《みょう》に魅力的で、本当に文句なしの美男子だ。俗っぽい表現だと、塩顔のイケメンってヤツか。

こんなにカッコイイ人が店にやって来ることなんてないから、変に緊張してしまう。

レジ付近にある冷蔵のショーケースと、それを挟むように置かれたラッピング済みの半生菓子や焼き菓子などの棚を、男性はときには中腰になって熱心に見つめている。

横顔だと、スッと通った鼻筋が余計に強調されて、思わず比べるように自分の鼻に触れた。

……本当に同じ日本人？

全体的に顔のパーツが小さいわたしとは、全然違うつくりの顔。

それにしてもこの塩顔イケメン、やけにじっくりと商品を見ている。

何を買うべきか、悩んでいるんだろうか。

「何かお探しですか？」

それならばと、わたしはカウンター越しに声をかけた。

「よろしければご案内しますが」

高揚感からか、ついワントーン高い声が出てしまった。仕事ではあるけれど、彼に話しかけているという事実にドキドキする。

「……」

彼はわたしの声に反応してこちらへ視線を向けたものの、返事をしなかった。

「お持ち帰りですか、それとも贈《おく》り物ですか？　贈《おく》り物でしたら、当店ではこちらのパウンドケーキがおすすめです」

わたしは向かって左にある棚の最上段に並べられた、例のパウンドケーキを手で示した。

彼の視線がパウンドケーキに向けられる。すると彼は一瞬目を瞠《みは》り、「あっ」と小さく言葉を発したように感じた。それから少しの間、ケーキをじっと見つめる。気に入ってくれたのだろうか。

「カットすると、中心にハート型のゼリーが現れるようになってます。可愛いと仰《おっしゃ》って下さる方も多く——」

「……パッとしない店だ」

商品説明に入ろうとしたところで、彼が唐突にわたしに身体を向けてそれを遮《さえぎ》る。

「え？」

「パッとしない店だ、って言ったんだ。店内も暗いし、まず雰囲気が古い。まぁ、店舗自体が古いのもあるんだろうけど、クロスも扉も経年劣化で見栄えが悪すぎる。お化けでも出てきそうなくらいにな」

「なっ……」

一言目では理解できなかったけれど、ようやく真っ向から店を否定されているということに気がついた。カッとしたものが込み上げる。

——コイツ、何て失礼な！

反射的に、蛭田さんのことを思い出した。

「配置も適当だし、商品も……今日、俺が何人目の客だ？」

しかし、蛭田さんのときとは違い、男性の言い方には、嫌味な感じもなければ、責めるようなトーンもなかった。ただ純粋に、質問しているだけのようだ。

そんな訊《き》き方のせいもあってか、言われた言葉の割に、不快な気持ちにはならなかった。そのため蛭田さんのときとは違って、ついつい素直に答えてしまう。

「……ひとり目」

すると、彼は肩を竦《すく》めた。

「だろうな。これじゃ客が来ないのも頷《うなず》ける。流行《はや》らない店の典型だ」

「っ〜〜〜ちょっと！　いったい何なんですか？」

いや、やっぱり腹が立つことは腹が立つ。

「失礼じゃないですか！　そんな、入ったばかりで、何がわかるっていうんですか？」

「店に入って三十秒見れば、六割はわかる。残りの四割は味だが」

「ならうちのお菓子を食べてから文句言ってよ。四割は味なんでしょ、あなたの理論では」

何を偉そうにのたまってるんだろう、この男は。少し前まで彼をイケメンだと評していた自分に腹が立つ。

勢いのままに、わたしはレジ脇の籐《とう》のカゴからラッピングされたパウンドケーキを掴《つか》み取り、ずいっと前方に突き出した。

「はい！」

「これを、味見していいのか？」

「ええどうぞ。うちで一番売れてる自信作なので」

彼はわたしの手からパウンドケーキの包みを受け取ると、透明なセロファンを、花びらを一枚ずつ摘《つ》まむように丁寧に開いた。

「いただきます」

律儀にそう口にしたのは意外だった。初対面でズケズケと文句を言うくせに、最低限のマナーは心得ているようだ。

彼はまず一口、長方形の角の部分を齧《かじ》った。バニラビーンズのまじった白色のバニラ生地と、薄ピンク色のストロベリー味の生地がマーブル模様になっているパウンドケーキを、彼は表情を変えないまま、ゆっくりと咀嚼《そしゃく》して呑みこむ。

今度はマーブル生地と、ハート型に埋め込まれた赤いゼリーの部分を一緒に口にした。そのとき、一瞬彼の鋭い瞳が大きく見開かれたように思えた。

――どうなんだろう。

わたしは、彼がケーキを食べる姿を、何か大事な儀式でも見守るように見つめて、その感想を待つ。

「……美味《おい》しい」

すると、彼の唇から零《こぼ》れたのは、予想に反する言葉だった。

蛭田さんに「不味《まず》い」と言われたこともあり、今回も酷評されるかもと思っていたのに。

彼は確認とばかりにもう一口ケーキを齧《かじ》る。

「うん、美味《おい》しい。レベルの高いパウンドケーキだ。生地の口当たりや水分値もちょうどいいし、中央のパート・ド・フリュイも食感がよくて、酸味が心地いい。ケーキと一緒に食べたときのバランスも申し分ない」

「ど、どうも……」

パート・ド・フリュイとは、中心にあるハート型のゼリー部分を表す製菓用語だ。

食べてみてから評価しろとタンカを切ったのはいいけれど、一転してべた褒《ぼ》めされると、逆に強く出られなくなってしまう。わたしは面食らいつつ、たどたどしく礼を言った。

というかこの人、パート・ド・フリュイなんてよく知ってたな。ある程度お菓子に詳しいか、興味があるんだろうか。

スイーツと縁の薄そうな若い男性がその単語を口にするのは、違和感がある。

いつの間にかケーキを食べ終えていた彼は、やはり「ごちそうさま」と小さく口にしてから、セロファンを手のひらで丸めた。わたしはそれを受け取り、レジ下のごみ箱に捨てる。

「ほ、褒《ほ》めてくれたなら……さっきの言葉、撤回してくれますか？」

あれだけ称賛してくれたなら、冒頭の評価は覆《くつがえ》るはずだ。

「さっきの言葉？」

「だから、パッとしない店だとか、そういう」

「パッとしない店であることは変わらない。そこは撤回しない」

どういうことだ。美味《おい》しい、レベルが高いと褒《ほ》めちぎってくれたのに。

理解できないわたしを尻目に、彼が話し続ける。

「ただ、客の来ない店だと言ったのは撤回する。この味なら、多少なりとも客はつくはずだ。それなのに、あまり繁盛《はんじょう》している様子がないのは……何か心当たりでもあるのか？」

こちらを窺《うかが》う奥二重《おくぶたえ》の瞳が、鋭く光る。

決して冷やかしで訊《たず》ねているようには見えなかった。その真剣さに、わたしもついつい口を開いてしまう。

「……近所に『ヤミーファクトリー』ができてからは、お客さんが離れていっちゃって。それまでは、あなたの言う通り、お客さんに困るほどじゃなかった」

「なるほど、競合店のせいか。あそこは経営陣が若いから、流行を取り入れた新商品をバンバン出してる。そういうのが好きな若者は、そっちに流れるだろうな」

わたしの答えを聞くと、彼は口元に手を当てて言った。

――この人、何でそんなことを知ってるんだろう？

そう疑問に思ったとき、扉のベルが鳴《な》った。

「あー、暑い暑い。ちょっと涼みに来ましたよ――おや、先客がいるなんて珍しいこともあるものだねぇ」

店に入ってきたのは、あの蛭田さんだった。

恰幅《かっぷく》のいい蛭田さんは、その身体をはち切れそうな黒いスーツで包んでいる。趣味の悪い紫色のシャツをはだけさせた胸元には、いかにもな金の太いネックレスが覗《のぞ》いていた。

「お客さんも、涼みに来たのかい。それとも……閉店セールに来たのかな？」

……相変わらず、コイツは他人を不快にさせるのが得意だな。

一歩、一歩。歩みを進めるごとに、たるみきったワガママボディがぶるぶると揺れる。

蛭田さんは男性に近づき、ギョロッとした大きな目で男性を見つめると、ニヤリといやらしく笑いかけた。

のっぺりとした平坦な顔なのに、目だけがギラギラとしているのが気持ち悪い。

サラダオイルを塗ったかのように脂《あぶら》ぎった肌のこの男は、いつ見ても蛙《かえる》を彷彿《ほうふつ》とさせ、嫌悪感《けんおかん》が募《つの》る。

蛭のくせに蛙《かえる》だなんてどういうことだ――なんて、心の中で悪態をつく。

「閉店セール？」

男性は不思議そうに蛭田さんに訊《たず》ね返す。

「ああ。この店は今月末で畳《たた》むことになってるんだ。このありさまで、家賃を三ヶ月も滞納《たいのう》してるんだよ。大家としても困ったものだよねぇ」

「……本当か？」

男性の問いかけに、わたしは首を横に振って答える。

「そうならない方法を、今考えてるの」

ぼそぼそと、まるで蚊《か》の鳴《な》くような声で呟くのが精いっぱいだった。

でも、両親のためにも、店は畳《たた》みたくない。その希望を捨てるつもりもない。

すると、蛭田さんは気分よさそうに顔を綻《ほころ》ばせた。

「ということは、みやびちゃん♪　僕の四番目の妻になる決心がついたんだね。嬉しいよ～！　ご両親からその気はないようなことを聞いてたから、僕は寂《さび》しかったんだよ？」

名前を呼ばれただけで、背筋に冷たいものが走る。

どうやら蛭田さんはわたしの言葉で、自分の出した条件を呑むつもりだと解釈したらしい。

蛭田さんの傍《かたわ》らに立つ自分をイメージしてしまい、鳥肌が立った。

「誰が！」

冗談じゃないと、わたしは顔を背《そむ》けて一蹴《いっしゅう》した。

すると、蛭田さんはニタニタと笑いながら、ねちっこい声色で訊《たず》ねてくる。

「じゃあ三ケ月分の家賃、きっちり払える目処《めど》がついたってことだね？」

「……それは」

「払えないなら嫁に来るしかないよねぇ。店は続けたい、でも嫁には来ないなんて、そんな都合のいい話はないよ？」

「……」

蛭田さんの言葉に何も言い返すことができない。

今のわたしに、この状況を打開するようなアイデアなんてない。

でもだからといって、ヤツの要求に素直に従うなんて無理だ。

どうすればいいの……⁉

「話がよく見えないが、君は今店を畳《たた》むか、店を守る代わりに彼と結婚するかの二択を迫《せま》られているると、そういうことか？」

蛭田さんとわたしの顔を交互に見比べながら、塩顔のイケメンが首を傾《かし》げた。

初対面のお客さんに、こんな情けない場面を見られてしまって、ただただ恥ずかしい。頬が熱くなるのを感じながら、この際だからもういいや、とわたしはヤケになって喚《わめ》いた。

「そうよ、最悪な状況。両親が一生懸命守ってきたお店を畳《たた》みたくないし、だからってこの人と結婚するのも絶対無理、考えられない」

この人、と蛭田さんを示すと、彼は心外だとばかりにフン、と鼻を鳴《な》らす。

「なるほど」

感情的なわたしの言葉に、冷静に耳を傾《かたむ》けていた塩顔のイケメン。

「――なら、どちらも選ぶ必要はない」

彼が自信ありげな口調で言い切った。

「選びたくないならどちらも選ばなければいい。この店を続ける方法は、まだある」

すると蛭田さんが、おかしそうに笑い声を立てた。

「これはおかしい。お客さんも人が悪いねぇ。変に慰《なぐさ》めて、期待持たせちゃいけないよ。その子、本気にしちゃうから」

「本気にしてもらって構わない」

「ぁあ？」

きっぱりと切り返す彼に、蛭田さんは一転して不機嫌な表情を浮かべた。

けれど、塩顔のイケメンは蛭田さんの態度など意に介さず——というか、むしろ蛭田さんの存在自体がさほど気になっていない様子で、カウンター越しにわたしと真っ直ぐ向き合う。

「い、今の話、本当ですか？　その、この店を続ける方法が、まだ他にあるって」

目の前のこのイケメンは、確かにそう言った。本気にしてもらっても構わない、とも。

彼は小さく頷《うなず》くと、懐《ふところ》から名刺入れを取り出した。

黒いレザーのそれは柔《やわ》らかな光沢《こうたく》を帯びていて、高価なものであるのが一目でわかる。

咄嗟《とっさ》に、彼の服装に目がいった。スーツやネクタイ、靴、そして腕時計に至るまで、彼が身につけているものはすべてハイブランドであることが、わたしですら感じ取れる。

——この人はきっと、平凡なサラリーマンじゃない。

名刺入れの中から一枚名刺を取り出すと、彼はそれをわたしに差し出した。

半透明の台紙にブルーの文字が映える、オシャレな名刺だ。わたしはそれをこわごわと受け取り、書かれた肩書きを呟く。

「プライムバード総研……代表取締役、蒲生《がもう》、朔弥《さくや》……」

えっ、代表取締役!? この人、社長さんだったの?

でも、初めて聞く社名だ。どういった業種なのかさえ、見当がつかない。

「プライムバード総研の、蒲生朔弥……? その名前、どこかで……」

ところが蛭田さんのほうは、どうやら社名と彼の名前に心当たりがあるようだった。

しばらく考えたあと、蛭田さんのほうは、「あっ!」と思い出した様子で声をあげる。

「蒲生って、あの蒲生さん? 『サファイアタワー』に入る飲食店をテコ入れして、売り上げを三倍にしたっていう……」

信じられない、という顔で、蛭田さんは彼の顔を凝視《ぎょうし》する。

『サファイアタワー』とは、蛭田さんが夜のお店を持つ繁華街の最寄り駅にある、九階建ての飲食店ビルだ。

できたばかりのころは、料理の質の割に価格が高いという理由で、アクセスのよさにもかかわらずあまり繁盛《はんじょう》していない様子だった。けれど、いつの間にかテナントが入れ替わったり、営業形態が変わったりして、客足を伸ばしていると聞く。

蛭田さんにとっては、自分の息がかかっている場所での出来事だから、横の繋《つな》がりで『テコ入れ』にかかわった人物の名を耳にすることもあったのだろう。

「『サファイアタワー』か、懐かしい。もう二年前になる」

建物の名前を聞いて、蒲生と呼ばれた彼は薄く笑みを浮かべた。

どうやら彼がかかわったのは間違いないらしい。

この人、もしかしてすごい人なのかも……？

「いやはや――プライムバード総研の蒲生朔弥さん。直々にお会いできるなんて、思ってもみませんでしたよ。噂《うわさ》はかねがね聞いていましたが、切れ者の飲食店コンサルタントがこんなにお若い方だったとは、恐れ入りますねぇ」

塩顔のイケメンの正体を知り、蛭田さんの彼に対する態度があからさまに変化した。業界の有名人に少しでも近づけたらと思っているのだろう。

平らな顔に胡散臭《うさんくさ》い薄ら笑いを浮かべながら、自分の存在をアピールするかの如《ごと》くカウンターに身を乗り出した。

「でも、悪いことは言いません。あんたがあの蒲生さんなら、なおさらこんな店とはかかわらないほうがいいですな」

蛭田さんが、忠告とばかりに、首を緩《ゆる》く横に振る。

こうしてふたりが横に並ぶと、身長に頭一つ分以上も差があった。蛭田さんが塩顔のイケメン――蒲生さんを見上げる形で話を続ける。

「大家の私が言うのも何ですがね、この店はお客が寄りつかなくていつもガラガラ。いくら蒲生さんの敏腕《びんわん》ぶりでも、どうにかすることは難しい――いや、無理、でしょうな」

蛭田さんはわたしを一瞥《いちべつ》すると、バカにする風に笑った。

蛭田さんはわたしの苛立《いらだ》ちを煽《あお》るようにさらに続ける。

「僕も初めてここを訪れたときは面食らいましたよ。センスはないわ、薄汚いわ、古いわの三重苦でしょう？」

蛭田さんは同意を求めるように、蒲生さんに問いかける。

「それは、まあ」

「っ!?」

するど、蒲生さんはあっさりとそれを肯定した。

——ちょっと、わたしの味方をしてくれるんじゃないの!?

「そうでしょう、そうでしょう。やはり話がわかる方だな、蒲生さんは」

蒲生さんの返事に気をよくしたのか、蛭田さんは勝ち誇《ほこ》った様子でわたしを見た。

「さぁ、わかっただろう？　大人しく僕の四番目の妻になるんだ。そうすれば、店の家賃は未来永《えい》劫《ごう》こちらで負担してやる。たとえこの先店が繁盛《はんじょう》しなくても、ね。……すべてが丸く収まる。むしろ、これ以上ない好条件のはずだ」

蛭田さんはカウンターの中にいるわたしと距離を縮《ちぢ》めるため、こちらへ身を乗り出した。依然として、その顔には生温《なまぬる》い笑みが貼りついている。

「みやびちゃん、もう待てないよ。今すぐ決断するんだ。新婚旅行はどこがいい？　ハワイか、セブか？　タヒチなんかもいいねぇ。結婚式も盛大にやろう。僕の妻たちも一緒に——ああ、もしかして新しい生活が不安かな？　心配しなくていい。子どもでも産めば、妻たちともすぐに打ち解けて仲良くなれるだろう」

次第に早口になっていく蛭田さん。そのおぞましい台詞《せりふ》に、悪寒《おかん》が走る。

いい加減にしてよ！　と、また爆発しかけたそのとき――

「今どき政略結婚なんて流行《はや》らないだろう、くだらない」

蒲生さんが吐き捨てるように言った。

「何？」

「戦国時代じゃあるまいし、今は自由恋愛が主流だ。店を盾に結婚を強要するなんて、時代錯誤《さくご》も甚《はなは》だしい」

「あんたには関係ないだろう！　それに、こちらは何ヶ月も家賃を待ってやってるんだぞ。こんなみすぼらしい、美味《うま》くもない菓子なんかを売ってる店、価値がないも同然。本来なら潰《つぶ》したって構わないが、せめてラストチャンスを与えてやろうって話のどこが悪い？」

蛭田さんは自分の低俗な下心を、バッサリと否定されたのが気に食わなかったのだろう。取り繕《つくろ》っていた口調が崩れるのも構わずに言い返す。

すると、蒲生さんの左の眉がぴくりと動き、ちょっと不機嫌そうに顔を顰《しか》める。

「彼女の――いや、この店の名誉のために訂正してもらいたい。たしかに古臭くてみすぼらしいかもしれないが、菓子は美味《うま》い。それは俺が実際に食べてそう思ったのだから、間違いない。ゆえに、価値がない、という表現は誤りだ」

「だからどうした。客が入ってないのだから、店としての価値はないじゃないか」

「価値はまだはかれない。少なくとも俺は、この店の価値が高まる可能性は存分にあると思っている。そして、その方法も教えられる」

淡々とした口調で述べると、彼は口元に微《かす》かな笑みを湛《たた》えて、わたしに言った。

「この男と結婚せずに、店を続けたいんだろう。三ヶ月もあれば、『ヤミーファクトリー』に取られた客を取り返せる――いや、それどころか、さらなる集客だって可能になる」

わたしを見つめる蒲生さんの瞳は自信に溢《あふ》れていた。その表情に、ドキッと胸が高鳴る。

「それは面白い！」

すると、蛭田さんがケタケタ、と気色悪い笑い声を立てた。

「『ヤミーファクトリー』以上に客を集めるなんて、あんたも大きく出ましたね。いいでしょう、そこまで言うなら、三ヶ月待ってやってもいい。滞納分の家賃を、三ヶ月後に支払うんだ。まあ、この先の三ヶ月分は特別にサービスとしてもらわないことにしてあげますよ。感謝してほしいな。ま、できるものならやってみせなさい――その代わり」

蛭田さんの大きな目が、威嚇《いかく》するように細められる。

「繁盛《はんじょう》しなかったら、みやびちゃんは僕のお嫁さんだよ？　それに蒲生さん……あんたには僕の運転手にでも転職してもらおうかなぁ。そこまで言い切ったからには、構わないよね？」

「もちろん構わない。運転手でも家政夫でも、好きなように使ってくれ」

「ようし、聞いたからな！　なら三ヶ月だけチャンスをやろう。三ヶ月後――そうだな、情けをかけて十月末でいい。十月最後の日に、これまで滞納していた家賃三ヶ月分、耳を揃えて払ってもらうよ。稼《かせ》げるように、せいぜい知恵を絞《しぼ》るんだな」

「心配無用だ。彼女は渡さない」

蒲生さんは強い口調でそう言うと、カウンターの内側にいるわたしを庇《かば》うように片手を伸ばし、蛭田さんと対峙《たいじ》した。

渡さない、という響きに、言葉以上の意味はないとわかっていても、胸がじんわりと熱くなる。

この人は、わたしを蛭田さんから守ってくれようとしているのだ。

そう確信して、先ほど感じた胸の高鳴りが、もう一度蘇《よみがえ》る。

「ふん、その威勢も今のうちだな」

まるっきり本気にしていない様子の蛭田さんは、蒲生さんの顔を見上げて鼻で笑うと、踵《きびす》を返した。

「――みやびちゃん。三ケ月後の結婚式、楽しみにしてるよ♪」

蛭田さんは扉の手前でわたしを振り返り、寒気がするような笑顔を見せてから、店を出て行った。

「……あの、あんなこと約束しちゃってよかったんですか？」

蛭田さんの気配が遠のいてから、たまらずわたしは声をかけた。すると、蒲生さんはこちらを振り返り、不思議そうに首を傾《かし》げる。

「何で？」

「だって……」

逆に、どうしてあなたはそんなに平静でいられるんだ、と思う。この状況をわかっていないいんだろうか？

わたしはカウンターに、バンと両手をついた。

「あなた、有名なコンサルタントなんでしょう。うちの店を繁盛《はんじょう》させられなかったら、蛭田さんの運転手になっちゃうんですよ。やっぱり無理でしたーなんて言って、納得する相手じゃないです」

ああ見えて蛭田さんだっていっぱしの、それも裏世界の経営者だ。ヤバそうな知り合いだって多いだろうし、仮に約束が果たせなかった場合、なかったことにはできないはず。

「なら、繁盛《はんじょう》させればいい」

蒲生さんは、余裕の微笑を浮かべている。

「俺の言う通りにすれば、この店は必ず地域で一番の有名店になる。それこそ、『ヤミーファクトリー』なんて目じゃないくらいにな」

「どうしてそんなこと言い切れるんですか」

うちの店に今日初めてやって来たこの人が、なぜそんな風に断言できるのかが疑問だった。

「それは、俺がその道のプロだからに決まってるだろう。飲食店を繁盛《はんじょう》させるのが俺の仕事だ。俺が繁盛《はんじょう》させると決めた店は、絶対にそうなる」

焦るわたしに対して、蒲生さんはマイペースなままだ。

何て強気なんだろう。まだ始める前の段階で、ここまで言えるなんて。

だけど、何故だかわからないけれど、この人が言うなら大丈夫という気になってくるから不思議だ。

「本当に……あの、本当に頼んでいいんですか？　うちのお店、お客さんを呼べるようにしてもらえるんですね？」

わたしは震える声で問いかけた。

この人がどれほど信頼できるかなんて、わたしにはわからない。けれど、八方塞《ふさ》がりのこの状況で、彼の存在だけが唯一の希望だった。

「もちろんだ、任せておけ」

彼が頷《うなず》いた瞬間、荘厳《そうごん》なパイプオルガンの音色が聞こえた——気がした。

神様はいたのだ。

どうしようもない窮地《きゅうち》にもがいていたわたしに、手を差し伸べてくれた。

「あ——ありがとうございますっ。あの、じゃあ……さっそく今の話、両親にもしてもらえませんか？」

わたしは厨房《ちゅうぼう》でお菓子作りに励《はげ》むふたりを思い、目頭が熱くなるのを感じた。

3

「蒲生朔弥さん……と仰《おっしゃ》るんですね」

「はい」

店舗の二階——先日、両親から無理心中を提案されたリビングに蒲生さんを通し、ソファにかけてもらうと、わたしは父と一緒に彼と向かい合って座った。

父は蒲生さんから差し出された名刺を、しげしげと興味深そうに眺《なが》めている。

「今はこういう、透き通った紙の名刺も作れるんですか」

てっきりそこに書かれている肩書きや会社名に対して反応するかと思いきや、名刺そのものへの感想か。ガクッと肩が下がった。

まぁ、お菓子作り一辺倒だった父がコンサル業界に精通しているとは到底思えないから、別にいいのだけれど。

「紙の材質もですが、サイズも結構自由に作れます。通常のサイズよりも一回り小さいものを使っている知り合いも何人かいますよ。まだまだ少数派ですけど」

蒲生さんも蒲生さんで、父のどうでもいい質問に丁寧な回答をくれる。

「へぇ、そうなんですね。みやび、うちのショップカードもこういうのに変えたら、もう少し目立って、売り上げが伸びるかな」

「お父さん、そのことなんだけど」

話が脱線しそうだったので、軌道修正をはかる。

「さっき電話で軽く話したけど、この人は『サファイアタワー』の売り上げを三倍に増やしたっていう有名な飲食店コンサルタントの方なの。それで、うちの店のお客さんの数を『ヤミーファクトリー』よりも増やしてくれるって言うのよ」

あのあと、厨房《ちゅうぼう》で製菓をしている父にすぐ電話を入れ、偶然蒲生さんが店を訪れたこと、そこに蛭田さんが現れて三ヶ月の猶予《ゆうよ》をもらったことを報告していた。

「ああ、もちろん聞いたよ」

「すごいじゃないの、『サファイアタワー』を立て直した方なんて」

スリッパの音を立てながら、母がトレイを抱えて現れた。

トレイの上には人数分の紅茶と、お茶請《う》け代わりの小分けにされたパウンドケーキがのっている。

もちろん、先ほど蒲生さんが食べたものと同じだ。

それらをローテーブルの上に置いてから、母はソファの向かい側にあるオットマンに腰かけた。

「そんな方がうちのお店のために知恵を貸してくれるなんて、とても光栄な話だわ」

胸の前で両手を合わせて喜ぶ母の声は、まるでもうよい結果を見たあとかのように弾んでいる。

気持ちはわかる。わたしだって、最後まで可能性を捨てないようにとは思っていたけれど、ふとした瞬間に「もうこれまでか……」と何度も暗い気持ちになっていたから。

でも、もう大丈夫。

強い味方が増えたし、しかもそれは、店の立て直しのプロだ。

わたしと母がアイコンタクトを取り、互いにホッとした表情を浮かべる中、父だけが神妙な面持ちでいる。

「せっかくのご提案なんですが、蒲生さん。その話、お断りさせてください」

「ええっ!?」

父の言葉に、わたしと母は驚きの声をあげる。

「どうして、お父さん。せっかく蒲生さんが協力するって言ってくれてるのに⁉」

「そうよ、こんなチャンス二度と来ないわ」

左右から飛んでくる非難の声を、父はまぁ聞けとでも言うように片手で制した。

「もちろん、蒲生さんが専門家であることや、立て直しの実績があることも承知しています。ですが……廃業寸前の我々には、先立つものがありません。蒲生さん、あなたが名のある方であればあるほど、我々はその対価を支払わなければならない。それがプロであるあなたに対する最低限の礼儀だと思っています」

父の言葉に、わたしも母も黙るしかなかった。

プロのコンサルに立て直しを依頼するということは、当然それなりの費用がかかるということになる。恥ずかしながら、舞い上がっていたわたしはそのことに思い至らなかったのだ。

……考えが甘すぎた。何してるんだろう、わたし。

プロの蒲生さんが、見返りなしにこんな提案をするわけないのに。無駄に両親を期待させたりして――

「対価は結構です。頂くつもりはありません」

けれどわたしの反省を他所《よそ》に、蒲生さんはあっけらかんと頷《うなず》いた。

「で、ですが……」

「店の状況は把握《はあく》しています。だから対価を要求するつもりはない。俺は、食に携《たずさ》わる者として、美味《おい》しい菓子を作る店が潰《つぶ》れるのは耐《た》えられない。それに――」

たじろぐ父に、相変わらずの淡々とした蒲生節を発揮する。

「店を続ける代わりに嫁に来いだなんて、その思考に虫唾《むしず》が走る。そういう卑劣《ひれつ》な人間の思うままにはさせたくないので」

彼はわたしを一瞥《いちべつ》してそう述べた。

……それって、わたしの境遇に同情したっていうこと？

「とはいえ、ただ厚意に甘えるというのも、申し訳ないですし……」

父はひたすら恐縮している。初対面の蒲生さんに、そこまでしてもらっていいのだろうかという戸惑いがあるのだろう。

「じゃあ、こうしましょう。対価なしが気が引けるというのであれば、条件をつけさせてください」

何か思いついた様子の蒲生さんが、わたしに視線を向けた。

「――君は、この店で働く以外、何か仕事をしているか？」

「してない、ですけど……」

「ならちょうどいい。店を立て直す間、君には俺の身の回りの世話をしてもらおう。どうだ？　悪くない案だろう」

……身の回りの世話？

ぽかんとしているわたしや両親を前に、蒲生さんが話を続けた。

「コンサル業は、帰りは遅いし休みは少ない。国内だけでなく海外出張もザラにある。そうすると、どうしても家のことがおろそかになってしまう。傍《そば》について、家事を引き受けてくれる人間がいれば、仕事の能率が上がる。場合によっては、仕事の補助——たとえば出張時の飛行機の手配とかをお願いすることもあるかもしれない」

「わ、わたしが、それをするってこと？」

「君にとってはそれが店を無償で立て直す対価となるわけで、願ったり叶ったりだろう。それなら、何も問題ないでしょう？」

後半は、わたしではなくわたしのとなりにいる父に問いかける。

「み、みやびはこれといった特技や資格もないですし、うちの店でしか働いたことのない娘ですが、蒲生さんのお役に立ちますでしょうか？」

「パソコンやスマートフォンが扱えて、一通りの家事をこなせるのであれば、心配無用です」

「うちではパソコンなんかは全部みやびに聞いているし、料理や洗濯、掃除も家内の代わりにやってくれています」

「ええ、そうなんです。みやびは昔からじっとしてるのが苦手な子でしてね、ほら、この間も私の誕生日にこんな手の込んだ夕食を作ってくれたりして——」

母はふと何かを思い出したようにエプロンのポケットから携帯を取り出すと、カメラで撮った写真を見せようとする。

「ちょっとお母さん、いいってば！」

母が見せたかったのは、母の誕生日に家計が苦しくて外食できなかったから、せめて気分だけでも……と腕を振るったディナーの写真だろう。とはいえ、普段から豪華な食事を見慣《な》れているに違いない彼に見せるような出来栄えではない。

「そういうことなら安心ですね」

母が差し出した写真を見た蒲生さんが頷《うなず》くと、不安そうだった父の表情がみるみるうちに明るくなっていく。

それどころか、嬉しさのあまりか、父は泣きそうにさえなっていた。わたしの両肩をがしっと掴《つか》み、声を弾ませる。

「ということらしいぞ、みやび！　よかったな、これで蒲生さんに店を立て直してもらえる！　しばらくの間、店は父さんと母さんに任せて、みやびは蒲生さんの役に立てるように頑張りなさい」

「みやびちゃん。しっかりね」

「わ、わかった……！」

蒲生さんが求めているのは、ハウスキーパー兼雑用係、というところだろうか。

蛭田さんが出してきた条件よりは遥《はる》かにまともだし、三ヶ月の期限だってついている。

これで店の立て直しをしてもらえるのであれば、お安い御用だ。

「蒲生さん、頑張りますので、わたしにできることがあれば何でも言ってください！」

わたしが言うと、蒲生さんは満足そうに頷《うなず》いた。

「であれば、話も纏《まと》まったことだし、さっそく引っ越しの準備をしてくれ」

「え、引っ越し？」

「決まってるだろう、俺の傍《そば》で仕事をするんだから、通いより住み込みのほうが効率がいい。急遽《きゅうきょ》頼むような仕事もあるかもしれないからな」

「あ、いや、あのっ、ちょっとっ！」

わたしは蒲生さんの話を制するように、両手をぶんぶんと振った。

「引っ越しって、もしかして蒲生さんの住んでるお家に……ってことですか？」

「それ以外どこに引っ越すっていうんだ？」

「しっ、失礼ですけど蒲生さん、他に住んでいらっしゃる方とかは？」

「いない。ひとり暮らしだ」

ということは――蒲生さんがひとりで暮らす家に引っ越して、わたしもそこで生活する……？

「マ、マズイでしょっ！」

思ったよりも大きな声が出た。

父や母がびくっと肩を揺らすのを横目に、そのままの勢いで続ける。

「通いじゃだめなんですか？　わたし、早起きは得意ですし、夜更かしも問題ありません。急な用事でも、すぐ電話で対応するようにしますから」

「それが可能なのであれば構わないが、一日二日ではなく、三ヶ月間の話だからな。体力的に負担になるし、場合によってはすぐ家に来て対応してもらわなければいけないこともある。逆に住み込みで、君のデメリットとなる部分は何だ？」

「デメリットって、そりゃあ……」

ひとり暮らしの独身男性の家に、結婚前の妙齢《みょうれい》の女が住むことそのものに他ならない。

ねぇ、そう思うでしょ？　と両親を見やったのだけど――

「みやびちゃん、うちのことは心配しなくてもいいのよ」

「そうだぞ、みやび。蒲生さんがそう言ってくださるのであれば、ありがたくお世話になりなさい。そのほうが蒲生さんのサポートもしやすいだろう」

「ええっ？」

まさか全面的に賛成されるとは。

「そ、それはどうかな。お父さんもお母さんも、わたしを蛭田さんのところに嫁に出すのには、絶対反対って言っていたじゃない。だから、ひとり暮らしの男の人の家にわたしが住むのも……」

「蛭田さんと蒲生さんじゃ全然違うだろう。彼はみやびが蛭田さんと結婚しないために店を立て直してくれるわけだから」

「そうよ、みやびちゃん。蒲生さんなら安心してみやびちゃんを預けられるわ。男気があってイケメンなんて素敵じゃない。お母さん、蒲生さんだったら喜んでお嫁に出せるわ」

「うん、それもアリだなあ。蛭田さんに嫁《とつ》ぐよりは絶対に幸せになれるぞ」

「お、お嫁っ？」

いきなり思ってもみないことを言われ、わたしは頬が熱くなるのを感じながら声を上げた。

「幸い、僕はまだ独身ですよ」

「あらまぁ、本当ですか？」

何が幸いなんだかわからない。

蒲生さんが淡々と両親の暴走にノッてしまうものだから、母は彼に期待を含んだ笑みを向けている。

「もうっ、勝手に話を進めないで」

わたしは、本人を差し置いてあらぬ方向に転がる話を制した。

どうやら、両親はわたしが思う以上に判断能力が鈍《にぶ》っているらしい。無理心中の次は、初対面の蒲生さんを信頼し、べた褒《ぼ》めしながら嫁にまで出そうとするなんて。

しかし、我が家にスーパーマンの如《ごと》く現れた彼を信じ込んでしまうのは仕方ない。

それに蛭田さんと蒲生さんに、比べるのは申し訳ないくらいの違いがあるのもわかる。

けれど、だからといってわたしが蒲生さんと一緒に住む理由にはならない。ましてや、嫁《とつ》ぐだなんてもっての外だ。

「蒲生さんは地位も名誉もある人なんだろう。そんな人が、こんな小さな菓子屋の娘に変なことしたりしないよ。蒲生さんにだって相手を選ぶ権利はあるんだから」

気を揉《も》むわたしを、父は笑って一蹴《いっしゅう》した。

蒲生さんくらい優《すぐ》れた人が、平々凡々なわたしを異性として見るわけがないと言いたいのだろう。

……そういう言い方をされると、わたしが自意識過剰なだけのような気がして、言い返すことができなくなる。

「話は纏《まと》まったな」

言い訳の材料を探して無言になる。と、そんなわたしを見て、蒲生さんは納得したものと判断したらしい。

「――せっかく淹《い》れてもらったので、お茶を頂いていきますね」

何て言いつつ、カップを手に取り涼しい顔で紅茶を啜《すす》る。

「あっ、是非是非。うちの主人自慢のパウンドケーキも、召し上がっていってください」

「先ほど店頭で一つ頂きました。とても美味《おい》しかった」

「それは光栄です！　真理枝、お土産《みやげ》に一本ご用意して」

「ええ、わかりました」

「特に中央のパート・ド・フリュイが最高ですね。都心の有名店にも引けを取らない商品です」

「さすが蒲生さん、実はですね、これは何度も試作を重ねた逸品で――」

わたしの意思なんてそっちのけで、三人はわいわいと楽しそうにパウンドケーキの話題で盛り上がり始めた。

ええい、もうこうなったら腹を括《くく》るしかない。

初対面の男性との同居でも、蛭田さんに嫁《とつ》ぐより何万倍もマシだ。

わたしの使命は、あまり深いことは考えず、蒲生さんの役に立てるように努力するのみ。

――かくしてわたしは、両親公認のもと、蒲生さんと暮らすことが決まったのだった。

4

「――ここ、ですか」

タクシーから降りたわたしは、目の前にそびえ立つタワーマンションに気圧《けお》されていた。

大規模なビルが所狭しと並ぶ、東京の中心地に建っているこのマンションは、周りと比べてとりわけ高い。

「蒲生さん、こんなところに住んでるんですか」

「ここは駅からもすぐだし、出張にも行きやすいからな」

「はぁ……」

確かにこの辺りであればどこへ行くにもアクセスがいいだろう。新幹線に乗るのも、飛行機に乗るのもスムーズだ。

しかし、こんな場所に住める人が実在していたとは……

四人でお茶を飲んだあと、蒲生さんに今日の予定を聞くと、あとはもう自宅で作業をするのみだという。それならさっそく今日から働かせてもらいなさいという両親の勢いにおされて、わたしは彼の自宅まで一緒に来たのだ。

会社勤めをしている人って、毎日決まった時間は会社にいなければいけないんじゃないの？　と思っていたのだけど、コンサル業は就業時間外に仕事をすることが多いこともあって、会社にずっといなければならないことはないそうだ。

加えて、代表取締役である彼は、自分の予定を自由に組めるのだという。

そんな説明を受けながら、セキュリティを抜け、エントランスに入ると、何種類かの観葉植物が目に留まった。黒を基調にした内装はかなりシックで、マンションというより、オフィスのような雰囲気だ。

「荷物はこれだけだな」

とりあえずすぐに必要なものだけを詰めてきたボストンバッグと、母がお土産《みやげ》にと持たせてくれたパウンドケーキが入った紙袋を、蒲生さんが持ってくれる。

「あっ、はい」

「行くぞ」

スタスタと早足で進む蒲生さんを、遅れないように追いかける。

エントランスホールには、大きめのソファセットとコンシェルジュカウンターが備えつけられていた。カチッとしたスーツを着た若い女性が、「おかえりなさいませ」と頭を下げて迎えてくれる。

蒲生さんが会釈《えしゃく》するのに倣《なら》ってそこを通りすぎ、エレベーターホールに到着した。

上昇ボタンを押すと、六基稼働《かどう》しているエレベーターのうち、一番手前のもののランプが点滅し、扉が開く。

「わたし、こういうマンション初めて来ました……」

「こういう？」

「いわゆる、高級タワーマンションっていうヤツです。うちみたいな下町に近い場所には無縁の建物で。やっぱり憧れますよね、高層階」

「そういうものか？」

「蒲生さんだってそれがよくて住んでるんじゃないんですか？」

「さっきも言ったが、立地で選んだ。高層階は時間に追われてるときや、災害が起きたとき、エレベーターが故障したときに不便なのはわかり切ってるから、あまり魅力を感じない」

……ふうん、そういう価値観もあるのか。

思案するわたしを尻目に、しれっと言い放った蒲生さんは五階のボタンを押した。このエレベーターには、一階から十階までのボタンしかない。一瞬あれっと思ったけれど、どうやら下層階専用基のようだ。

ほどなくして五階に到着すると、ラグジュアリーな作りで清潔感がある内廊下が現れた。

一番奥の５１０と表記された角部屋が、蒲生さんの部屋らしい。

「入って。あまり何もないけど」

エントランス同様、手慣《な》れた様子でロックを解除した蒲生さんに促《うなが》されて、扉の先に足を踏み入れる。

まるで高級ホテルと見紛《みまが》うような白い大理石調の玄関と廊下。わたしは少し緊張しながら靴を脱いで揃《そろ》えると、先に上がっていた蒲生さんのあとについて行く。

つるつるとした大理石の感触が、ひんやりして気持ちいい。

——ここが蒲生さんの家かぁ。

まるで別世界にやってきたようだ、と思う。

大都会のタワーマンションなんて、本当の成功者じゃないと住めやしない。

部屋に入る前は緊張が勝っていたけれど、だんだんと社会科見学でもしているかのような気分になり、妙《みょう》にワクワクしてきた。

短い廊下を進んで突き当たりの扉を開けると、そこは広々としたリビングと、対面式のキッチンだった。

先ほどまで無人だったはずの部屋なのに、クーラーがよく効いていて涼しい。もしかしたら、普段から点けっぱなしなのかもしれない。

扉の左手にあるキッチンの奥に、ダイニングテーブルセットが置かれている。右手側には、三人掛けのソファセットと、サイドボードに載った大きな液晶テレビがあって、存在感を放っていた。

床は白く、黒系統で纏《まと》められた家具とコントラストが効いていて、素敵だ。

「また、すごく広いお部屋ですね」

「二十畳程度だから、それほどでもない」

「いや、十分広いですよ」

立地とひとり暮らしであることを考えたら、広すぎるくらいだろう。

「ごちゃごちゃしてないから、余計に広く見えますね」

彼が最初に何もないと言った通り、物が少ない部屋だった。

ソファにしてもテレビにしても、かなりの大きさだけど、周囲に余計な小物がほとんどないのでとてもスッキリした印象だ。

「雑然としたのが苦手なんだ。忙しくて家のことに手が回らなくなると、どうしても荒れてくるから。そうならないように、極力物は増やさないようにしてる――そこ、座って」

「あ、はい」

ソファを勧《すす》められたので、腰をかけた。

革張りの高級感のあるソファは、お尻が深く包み込まれるようで心地いい。

わたしが座ったのを確認すると、彼は上着を脱いで荷物をソファの傍《かたわ》らに置き、わたしの横に座った。彼の息遣いを感じられる近い距離に、ドキッとする。

「それで、今後君にやってもらう仕事だけど」

「はい――」

胸の高鳴りを悟られませんように――と願いながらわたしが頷《うなず》いたところで、蒲生さんは何かにハッとして、スーツの懐《ふところ》からスマホを取り出した。そして、震えるスマホの画面を指先で操作する。

「はい、蒲生です。お世話になっています」

どうやら着信があったようだ。口調からして、おそらく仕事関係だろう。

「……承知しました、すぐそちらに向かいます。……いえ、大丈夫です。それでは、のちほど」

「お仕事ですか？」

わたしは通話を終えた彼に訊《たず》ねる。

「ああ、客先に急用で呼び出された。話の途中に悪かったな。たまにあるんだ、こういうのが」

ポーカーフェイスだった蒲生さんが、少し面倒くさそうな表情になる。

そして、脱いだばかりの上着をもう一度羽織《はお》りながら立ち上がった。

「――そういうわけだから、ちょっと行ってくる。君にやってもらう仕事に関しては、移動中にメールで連絡する。それを確認して、できそうなことからやっておいてほしい」

蒲生さんとは、タクシーの中で既に連絡先を交換済みだ。これから連絡を取る機会は何かと多いだろうから、と、電話番号とメールアドレス、それにこのマンションや勤務先の住所までを控《ひか》えていた。

「わ、わかりました」

「それと、冷蔵庫の中に一通りのものは入っているはずだから、気が向いたら開けて適当に飲んだり食べたりしてもらっていい」

「はい」

彼はそれだけ言い残すと、バッグを手に部屋を出て行ってしまった。

ひとり残されたわたしは、部屋を改めて見回してみる。

本当に綺麗な部屋だ。築年数はおそらく二年も経っていないんじゃないかと思う。

奥の壁は窓枠がかなり大きく取ってあって、レースの遮光カーテンが取りつけられている。

日当たりはとてもよさそうだ。この部屋に絶えずクーラーをかけているのは、日当たりがよすぎるからなのかもしれない。

立ち上がり、窓のほうへと歩いて行き、レースのカーテンを捲《めく》って外の様子を確認してみた。

五階とはいえ、各階の天井を高く取っているせいか、もっと上の階にいるような気がする。

都会のビル群が、日差しを浴びているのがよく見える。

まだ時刻は午後二時半。

……そういえば、お昼ご飯を食べ損ねていたんだっけ。

お昼ごろに、蒲生さんが現れてからバタバタしていたので、すっかり忘れていた。

ゲンキンなもので、思い出したらお腹が空いてくる。

たしか、冷蔵庫の中に一通り揃《そろ》ってるって言っていたっけ。

蒲生さんも適当に食べていいって言っていたし、彼からＴｏ Ｄｏリストが来るまですることもないから……ありがたく頂いてしまおうか。

そう思ったわたしは、キッチンスペースに移動して、冷蔵庫の前に立った。

わたしの背丈よりも大きいサイズのそれは、ＣＭで見かけたことのある最新式のもののようだ。

ひとり暮らしでこんなに大きな冷蔵庫、必要あるのだろうかと疑問に思いながら扉を開ける。

中はミネラルウォーターやウーロン茶のペットボトル、ビールやハイボールなどアルコール類の缶など、ドリンク類が半分を占めていた。

残りの半分が食品で、ヨーグルトやゼリー飲料など、小分けになっていて、パッケージを開ければすぐに食べられるものや、ハムやソーセージ、チーズなど、日持ちのする加工品が入っている。

「……自分で作ったのかな、これ」

それらとは別に並んでいた、おそらく手作りだと思われるいくつもの常備菜が入ったタッパーを手に取り、呟く。

忙しくとも、食事はきちんと自分で調理したものを食べたいタイプ？

多忙すぎて家のことなんてやる暇がないから、ハウスキーパー兼雑用係のわたしを雇ったと思っていたのに。

……もしかして、カノジョ？

嫌な考えが頭を過《よぎ》る。

しかし、その疑惑を思いついた瞬間、それはないだろうと打ち消す。まともな神経をしていたら、彼女を差し置いてひとり暮らしの自分の家に、全く関係のない女を住まわせようなんて思わないに決まっている。

あれこれ思考を巡《めぐ》らせていると、胃の辺りからきゅるる……と頼りない音がした。

兎《と》にも角《かく》にも、お腹が空いた。この常備菜の中のどれかを頂こう。

まるでお総菜屋《そうざいや》さんのようにたくさんの種類があったけれど、その中からわたしはトマトのマリネと、一口サイズのハンバーグを選んだ。

食器棚に置かれていた平たい小皿を二枚拝借し、片方にはマリネ、片方にはハンバーグを少しずつ盛りつける。ハンバーグは、キッチン奥の棚に置かれていた電子レンジで温めることにした。

「えっと、ラップは……」

キッチンもリビング同様、目につくところにものは置かれていない。

備えつけの抽斗《ひきだし》を上から順番に開けていくと、ラップはアルミホイルやクッキングペーパーなどと一緒に、三番目に収納されていた。

ラップをかけたハンバーグのお皿をレンジで温める。オレンジ色の明かりに照らされながらくるくると回るハンバーグを見つめながら、何だか妙《みょう》な気分だな、と思った。

数時間前に知り合ったばかりの人の家に上がり込んで、その人が作った料理を食べようとしているなんて。

温めが終わったお皿を取り出し、マリネと一緒にダイニングテーブルまで運ぶ。

先ほど片っ端から抽斗《ひきだし》を開けたときに見つけたお箸《はし》と、冷蔵庫にキレイに整列していたウーロン茶のペットボトルを一本持って、テーブルに戻った。

椅子に座り、両手を合わせて「いただきます」と心の中で呟いて、小皿のおかずを口にする。

マリネもハンバーグも、どちらもとても美味《おい》しかった。特にハンバーグは、生地に豆腐がまぜ込んであり、塩分控《ひか》えめの優しい味付け。

心も身体もホッと一息つけるような、家庭的なおかずだ。

これと同じくらいのクオリティを求められたとして、わたしは応えられるんだろうか。

不安に駆られていると、スカートのポケットに入れていたスマホから、短いメロディーが響いた。

この音はメールが届いた合図だ。蒲生さんだろうか。

一度箸《はし》を止め、テーブルの上に置いたスマホを操作すると、送り主はやはり彼だった。

「来た来た、えーと……」

わたしは開いた画面に書かれている内容を目で追う。

『先ほどは慌《あわ》ただしく出て行ってしまって悪かった。

君に今日中にすませてほしい内容は以下の通りだ。優先順位の高い順番に並べるので、上位のものから消化していってほしい。
・即日配達のファニチャーショップで、君専用のベッドを購入すること。好きなものを頼んでもらって構わないが、入り口に一番近い扉が君の部屋になるから、そこに設置できる大きさで。
・前任のハウスキーパーである陵《みささぎ》さんに電話をして、今日から俺の身の回りの世話をすると決まった旨《むね》を伝える。細かな仕事内容は、彼女から聞いてほしい。
・簡単でいいので、冷蔵庫の中身を使って、夕食の支度をする。
以上だ。よろしく頼む。　蒲生』
わざわざベッドを用意してくれるなんて、太っ腹だな。
メールを何度か読み返してから、わたしは再び箸《はし》を取って小皿の中身を平らげた。

◆◇◆

食器類を片付け終えたわたしは、ダイニングテーブルの椅子に腰かけ、蒲生さんが掲げた優先順位の通りに指示をこなし始めた。

最初は自分自身のベッドの注文。

実際に玄関から一番近い部屋を見に行ってみると、広さは六畳ほどだった。今はこれといった用途のない部屋らしく、トランクケースや本棚などが片側に寄せて置かれているだけだ。

この広さであれば、一般的なシングルベッドは余裕で設置できるだろう。

蒲生さんのメールに指定されていたファニチャーショップのウェブページには、対応エリア内で午後三時までの注文であれば即日配達、と書かれている。

なので、ごくごくシンプルなフレームレスのベッドと、薄手のタオルケットをセットで購入した。スマホを操作し、メールに書かれていた会員ＩＤを入力すると、蒲生さんのクレジットカードが登録されていたので、そこから支払われるようだ。

「さて……」

次は陵さんに電話だ。

どうやら蒲生さんはもともとこの家のハウスキーパーだった彼女に、仕事内容を確認してもらいたいらしい。その番号を入力して、応答を待つ。

「もしもし、陵ですが」

電話が繋《つな》がり、名乗ったのはやや低めの声質だけど、おっとりとした優しい雰囲気の年配の女性だった。

「あの、突然すみません。わたし、若林といいまして、蒲生朔弥さんから陵さんにお電話するように言われてご連絡させて頂いたのですが」

「ああ、蒲生さんね」

「今日から蒲生さんの身の回りのお世話をすることになりました」

「まぁ、そういうことでしたか」

陵さんが柔らかな口調で続ける。

「私の入院が急だったものでしょう、だから蒲生さんには申し訳なくて。だけど、代わりのハウスキーパーさんが見つかったみたいで、安心しましたわ」

彼女は知り合いから紹介され、週に二、三度、通いで蒲生さんのハウスキーパーをしていたことや、つい最近目の病気が見つかり、急遽《きゅうきょ》入院し、手術を受けなくてはいけないこと。そのために暫《しばら》くハウスキーパーの仕事を休まなければいけないことなどを教えてくれた。

「その代わりに頼まれたのがわたし、ってことなんですね。だから細かい仕事内容を聞くように書いてあったんだ」

「仕事内容といっても、一般的なことしかしていないんですよ。お掃除したり、お洗濯したり、お料理したり……あとペットのお世話をしたりとか、それくらいね」

「ペット？　いるんですね」

知らなかった。リビングでも六畳の部屋でも見かけなかったけど……わたしがまだ足を踏み入れていない部屋にいるということなんだろうか。

それから陵さんは、蒲生家のハウスキーパーとして気を付けていることを、重要なことから細かなことまで教えてくれた。彼女から聞いたことを、メモしながら電話を続ける。

「もし何か困ったことがあったら、また連絡くださいね」

「はい、ありがとうございます。それでは、失礼します」

ひと通り聞いたところで陵さんにお礼を言って通話を切り、椅子から立ち上がった。わたしに宛《あて》がわれている部屋と、リビングのちょうど中間に位置する部屋へ向かい、扉をそっと開ける。

「お邪魔します」

陵さんによれば、ここは蒲生さんの寝室らしい。家主の一番プライベートな部屋となると、無断で入るのは気が引ける。陵さんには大丈夫と言われていたものの、本人に届かないと知りつつ、つい小声で呟いてしまった。

部屋の広さはリビングの半分ほどだけど、寝室としてはゆとりがあるほうだと感じる。リビングと同様、生活感のない、ホテルみたいな部屋だ。

部屋の奥にフラットなデスクがあり、中央付近には本棚が二つと間接照明、キングサイズのベッドが鎮座している。色もリビングの家具と同系色で、統一性がある。

しかし、扉側の壁際に置かれた横長のチェストの上に、三十センチ四方のケージがあった。それだけが、この空間とミスマッチだった。

入り口が丸くくり抜かれた木製の小屋に、プラスチック製の回し車。それと、重さがありそうな陶器の入れ物には、砂が入っている。

扉の音に反応したのか、木製の小屋の入り口から、もそもそ何かの動く気配がした。床材にもなっているパインチップが、そこからぽろぽろと零《こぼ》れてくる。

顔を出したのはハムスターだった。小屋から出て、猫のように両手を前に出してうーんと伸びをするような仕草を見せる。

「ここにいたのかぁ。可愛い」

蒲生さんがペットを、それもハムスターを飼っていると陵さんに聞いたときには驚いた。

真っ白な背中の中心、縦にうっすらと灰色の線が入っている小さくて愛くるしいその姿を、しばらくの間眺《なが》めた。

通いのハウスキーパーである陵さんは、来るたびにケージの掃除をしていたそうだ。昨日、入院する前に掃除をしたし、やりすぎるのもよくないので、今日はしなくていいとのことだったけど……

「そうだ、餌《えさ》のチェック」

餌《えさ》入れの中に餌《えさ》がなくなっているようなら足しておいてほしい、と言われていたっけ。

確認すると小屋のすぐ横に置かれていた容器には、まだペレットや種子の類《たぐい》が入っている。

補充の必要はなさそうだ。再びハムスターが小屋に入っていく背中を目で追ってから、わたしはケージを離れた。

それから、この部屋で異常なほどの存在感を示すベッドに近づく。

高さのあるヘッドボードは革張りで、とにかく大きく、上質なものであるのが素人《しろうと》目にもわかった。白いシーツは、つやつやと光沢《こうたく》があり、スイートルームのベッドってこんな感じなのだろうな、というイメージだ。

家も部屋も規格外。ハウスキーパーさんまでいる生活なんて、仕事場ばかりか家までなくなりそうなわたしとは、住む世界が全く違う。

思わずぼーっと部屋を見回していたけれど、蒲生さんに頼まれていた仕事がまだあることを思い出した。

さて、こうしちゃいられない。

わたしはそっと扉を閉めて、リビングに戻った。

◆◇◆

「うん、美味《おい》しい」

わたしと蒲生さんは、ダイニングテーブルに向かい合って座り、夕食を取っている。

彼は目の前の料理を一口頬張ると、いつもの淡々とした口調で小さく頷《うなず》いた。

彼が仕事から帰ってきたのは午後七時半すぎ。出かける前に夕食を作っておいてほしいという指示があったので、冷蔵庫の中身と相談しながら、わたしは四品を作っていた。

豆腐のハンバーグと、もやしと人参《にんじん》のナムル、なす南蛮《なんばん》、キャベツと玉ねぎのスープだ。

品数は多く見えるけど、常備菜をフル活用させてもらったので、さほど苦労していない。まともに作ったと言えるのはスープくらいだ。

冷蔵庫の常備菜の数々は、すべて陵さんが作ったものらしい。どうりで美味《おい》しいはずだ。

蒲生さんは飲食のコンサルをしている割に、自分の食事には無頓着《むとんちゃく》なのだという。だから陵さんは、彼の食生活を案じて、気が向いたときに気が向いたものを食べれるよう、ああやってストックを作るようにしていたんだとか。

食卓にはおかずと汁物だけが並んでいて、ご飯やパンなどの主食はない。これも陵さん情報だけど、蒲生さんの数少ないこだわりの一つらしい。仕事の付き合いでどうしても夜は遅い時間に食べたり、お酒を飲んだりすることが多い。だから家で食事を取る日は、身体に負担をかけないように主食を取らず軽いものですませるようにしている、ということだ。

「でも、これほとんど、陵さんが用意してくれたものなので」

彼氏でもない男性に料理の腕をふるうのは、ちょっと勇気が要るので、今日は助かった。でも、明日からは自分で作らなければいけないのだ。

「そうじゃないものもあるみたいだが」

蒲生さんはそう言って、両側に取っ手のついたスープカップを示す。

「あまり手の込んだものじゃなくて恥ずかしいです」

「それもそうだな」

「あっ、ひどい」

「冗談だ、美味《うま》いぞ」

彼は小さく笑いながらスープを一口飲んで、もう一度「美味《おい》しい」と言った。

……大したことない料理なのに、美味《おい》しいと喜んでもらえた。照れくさいけど純粋に嬉しい。

「何か家のことでわからないことはあるか？」

「陵さんにいろいろ聞いたんで、大丈夫だと思います」

「そうか」

「そういえば、陵さんは通いでハウスキーパーしてたって言ってましたよ。わたしには通いじゃだめだって言ってたくせに」

わたしも自分の分のナムルを口に運びながら、彼を軽くにらんだ。

「まぁ……そうだな。それより、ベッドはいつ届く？」

蒲生さんが話の流れを変えるように訊《たず》ねる。

「それが、今日は無理みたいです」

「無理？」

「はい、受注作業中の確認ミスで、発送が明日になってしまうって」

ちょうど一時間くらい前に、例のファニチャーショップから電話がかかってきていた。当日配達の受付時間ギリギリの注文だったし、相手方も至極申し訳なさそうな口調だったので、責める気にはならず了解の旨《むね》を伝えたのだ。

「それは困ったな」

すると、蒲生さんが箸《はし》を止めて、渋い顔をする。

「あの、でも布団セットとか借りられれば大丈夫です」

「いや、基本的に家には誰も呼ばないから、来客用の寝具がないんだ」

「えっ？」

なるほど、急ぎで注文をしたのはそのせいだったのか。

「そうしたら、わたしソファをお借りします」

あのソファは座り心地がよかったし、寝るのに不自由はなさそうだ。

ところが、蒲生さんは「いや」と首を横に振る。

「女性にそんな場所で休んでもらうわけにはいかない」

「大丈夫ですよ。少なくとも、普段家で寝ているわたしのベッドよりも、寝心地は格段によさそうです」

本気で言ったのだけど蒲生さんはわたしの言葉に賛成できかねる様子だった。

口元に手を当てて、少しの間逡巡《しゅんじゅん》するような仕草を見せる。そして。

「――それなら、今夜だけ俺のベッドに寝ればいい。俺がソファで寝れば問題ないだろう」

彼が言い放ったのは、想定外の提案だった。

「あ、いや、でも、お気遣いは嬉しいんですけど、蒲生さんにソファで寝られると、わたしが落ち着かないです。立場的に」

そんな、雇い主を差し置いてベッドを使うわけにはいかない。

あくまでわたしは、彼の仕事のサポートをするためにここにいるのだ。反対に邪魔をしてしまうようでは、ハウスキーパー失格だろう。

「気にしなくていい」

「そう言われても……」

気になるものは気になる。

そもそもわたしは――というか、若林家は、蒲生さんとの出会いがなければ、本当に、冗談抜きで、心中していたかもしれないのだ。彼の存在は、まさに救世主。

そんな救世主のベッドを奪うなんて、できるはずがない。

けれど、彼は案外頑固なようで、この雰囲気では折れてくれそうにない。

困った、どうしよう……

「ああ、じゃあ一緒に寝ればいいのか」

ところが、悩むわたしに対して蒲生さんが名案とばかりにさらっと言った。

「はぁ!?」

「だって、君は俺にベッドで寝てほしいし、俺は君にベッドで寝てほしい。ふたりの意見を通すには、もうそれしかないだろう?」

「そっ、そんな！」

「どちらもベッドを使えば快適だというのは合理的だ。それとも、何か不都合でもあるのか？」

「……あ、え……えっと」

まさか彼がそんな非常識な提案をするなんて思ってもいなかったので、咄嗟《とっさ》に次の言葉が出てこない。

常識的に考えて、同じベッドで男女が寝るなんて……それは恋人同士とかでない限り、おかしいはず。けれど、目の前の蒲生さんはそれをおかしいなんて、全く思ってもいない様子だ。

……ああ、そうだ。この人は、恋人でもないわたしとひとつ屋根の下に住もうなんていう、変わった発想をする人だった。それも、そのほうが効率的だからという、非常に論理的な理由で。

彼はあくまで問題の解決のために提案していて、下心などないのだろう。となると、ここに住むという話になったとき同様、ここでわたしがそれを拒むのは自意識過剰なのかもしれない。要するに、彼にとってわたしは女という扱いには入っていないわけで――

「異論がないなら、ひとまずベッドの問題は解決だな」

「……」

納得している彼に、今さらごちゃごちゃ言えなかった。彼はわたしをなんとも思っていないのだ。なんだか、わたしばかりが彼を異性として意識していて、情けなくなってくる。

わたしはポーカーフェイスで食事を再開する蒲生さんを、しばらく恨《うら》めしい気持ちで眺《なが》めていた。

◆◇◆

蒲生家のバスルームは、わたしに宛《あて》がわれた部屋と蒲生さんの部屋の向かいに位置しており、広々として綺麗だった。

バスタブは大きくて足を思い切り伸ばせる余裕があり、なんとジェットバスの機能がついている。興奮して、つい何回もボタンを押してしまった。

バスルームから出て、自宅から持参した化粧水や乳液で肌を整える。備えつけの大きな鏡を覗《のぞ》き込むと、見慣《な》れた自分の顔が映った。

卵型の輪郭《りんかく》に、低い鼻、ちょっと厚めの唇。自分では、特に特徴のない顔だと思っている。強《し》いて言えば、他のパーツに比べて目は印象的なのかもしれない。黒目がちでキリッとした眉は、勝気そうに映る、と友達に言われていたっけ。

拝借した最新式のドライヤーでボブスタイルの髪を乾かした。すると、ふわりと慣《な》れないシャンプーのスッキリした香りが漂《ただよ》う。

急いでいたせいもあり、着替えや化粧品など、本当に必要なものしか持ってこなかったので、シャンプーやタオルは全部蒲生家のものを借りている。

知らないシャンプーの匂いに、知らないボディソープの匂い。それに、知らない柔軟剤の匂い。自分の全身が初めて触れる香りに包まれているのは、とても不思議な感じがする。

スマホを手にしてバスルームから出て、蒲生さんの部屋に向かった。

手にしていたスマホの待ち受けが、夜の十二時を示している。蒲生さんは食事を終えたあと、「作らなければいけない資料があるから」と、部屋に入っていった。

わたしはというと、食事の後片づけをしたり、両親を安心させるため、順調である旨《むね》を電話で伝えたりしていた。それが終わると、今日はもうこれ以上、蒲生さんを手伝えることはなさそうだったから、先にお風呂を頂くことにしたのだ。

部屋の前で立ち止まり、三回ノックをする。

「どうぞ」

部屋の主の声が返ってきた。

ゆっくり扉を開けると、蒲生さんは手前にあるチェストに片手をついていた。どうやら、チェストの上に置かれたケージを覗《のぞ》いているようだ。

「お風呂、ありがとうございました。……仕事、終わったんですか？」

「ついさっき」

蒲生さんはこちらを見ずに頷《うなず》いた。

彼は、ワイシャツとスラックスという、帰って来たときと同じ格好のままだ。さすがに煩《わずら》わしいのかネクタイは外したみたいだけど、着替える暇もないほど資料作りに没頭していたらしい。

「ハムスター、飼ってるんですよね」

「ああ」

「蒲生さんがペット飼ってるの、意外です。綺麗好きみたいだし」

生き物を飼うと、汚れがつきものだ。整理整頓されている部屋を見る限り、そういうのを嫌がりそうなのに。

わたしが言うと、彼はケージから顔を上げて首を傾《かし》げる。

「そうか？」

「そうですよ。しかも、ハムスターなんて可愛いチョイス」

「癒《いや》されるだろう。ほどよい距離感が保てるし」

そう言いながら、彼はケージの隙間から、ハムスターにヒマワリの種を与えた。

ハムスターは種を咥《くわ》えて受け取ると、両手で持ち直して器用に殻《から》の側面を齧《かじ》り、中身の種を取り出して頬袋に溜め込む。

一生懸命に種を頬張る姿は、確かに癒《いや》される。

「その子、名前何て言うんです？」

「だいふく」

「……？」

ペットの名前としてイメージしていたものとは違う響きが聞こえてきたので、思わず首を傾《かし》げた。

「ハムスターの名前。だいふく」

「こ、個性的な名前、ですね」

あまりにもスムーズに言われたので、そう反応するのが精いっぱいだった。

「白くて、丸まってる姿がだいふくに似てるから」

「はぁ……なるほど」

同じスイーツでも、クッキー、とか、チョコとかなら可愛げがあるのに。

佇《たたず》まいが似ているからとはいえ、敢《あ》えて和菓子のだいふくを選ぶところが、やはり変わっているというか……独特のセンスであると言わざるを得ない。

「飲食店のコンサルタントをしてるから、そういう発想が湧《わ》くんですかね」

わたしがそう言うと、手にしていた種をすべてだいふくに渡し終えた蒲生さんは、両手を払うような仕草をした。

「そうかもしれない。それに甘いものはもともと好きだ。人を幸せにする力があるからな」

「わかります、その気持ち」

わたしはうんうんと頷《うなず》いた。

疲れたとき、イライラしたとき、落ち込んだときに甘いものを食べると、元気が出てくるような気がする。わたしもスイーツには、そういう力があると思っていた。

彼もスイーツに対して同じように考えていることがわかり、何故だか無性に嬉しくなる。

「今の仕事に就《つ》こうと思ったきっかけも、そこにある」

「きっかけ、ですか」

「ああ。……昔食べた菓子で、忘れられないものがあって」

そのときのことを思い出しているのか、蒲生さんは少しだけ遠くを見つめる。

「それくらい美味《おい》しかったってことですか？」

「子どものころだったから、余計にそう思ったんだろう」

「いいですね。そういうお菓子に出会えることもですけど、作り手もそこまで思ってもらえるなら本望ですよ」

自分自身が作っているわけではないけれど、わたしもお店側の人間だから何となくわかる。

父も言っていた。「食べたときに美味《おい》しいと言ってもらえるのが嬉しいのは当然だけど、また食べたいと思い出してもらえるなら、こんなに嬉しいことはない」と。

蒲生さんの心に大事な思い出として残ることができたそのお菓子が、その作り手が、羨《うらや》ましいと思う。

「うちの店も、そう思ってくれるお客さんを増やさないとですよね」

現状はイマイチお客さんの心に刺さっていないけれど、うちのパウンドケーキだって、スイーツ好きかつ立て直しのプロが認めてくれたんだからきっとそういう存在になれるはず。

プライドを持って、前に進んでいかなくては。

「大丈夫だ。俺を信じてついて来れば、君の望む通りの結果になる」

自信に満ちた台詞《せりふ》というのは、発する人によっては白々しく聞こえてしまうかもしれない。けれど、蒲生さんの言葉には説得力があって、この人なら信じられると思えた。

蒲生さんが覗《のぞ》き込むようにして顔を近づけ、優しく笑った。

今日見た中で、一番温かな表情。不意にドキンと胸が高鳴る。

……いきなりそんな顔するなんてずるい。

何を考えているのかわからない、変わった人だと思っているのに、どうしても意識してしまう。

「もういい時間だから寝たほうがいい」

「あ、はい」

「俺はシャワーを浴びてから寝る。先に休んでてくれ」

わたしがそんな風に内心どぎまぎしているとは露《つゆ》知らず、蒲生さんはクローゼットから着替えを取り出し、バスルームへ向かった。

寝たほうがいい、と勧《すす》められたことで、視線が部屋の中央にあるキングサイズのベッドに向かう。

そうだ、今日は彼のベッドで朝まで過ごさないといけなかったんだ。

一度了承したとはいえ、この状況を改めて客観視してみると、「何てことしてるの！」と自分を叱責《しっせき》したくなる。

入浴をすませた男女が一つのベッドに寝るなんて――これはもう、何が起こってもおかしくない。

いや、むしろ何も起こらないほうがおかしいくらいだ。

わたしもいい歳なのだから、経験はある。ただ、決して多くはない。

中学、高校と女子校で過ごしたわたしは、男性とお付き合いするのも大学に入ってからが初めてで、身体の関係まで至ったときだって、歳の割には時間をかけたほうだと思う。

無防備な身体を預けるのは、すごく抵抗がある。その抵抗が解けるくらいまで心を許した相手だからこそ、身体を許せるようになるのに。

そんなことを思い返していると、扉の外からシャワーの音が聞こえてきた。

同じ家の中で、一糸纏《いっしまと》わぬ姿の蒲生さんがシャワーを浴びている――

って、そんな風に考えちゃいけないのに！

わたしは頭の中でもくもくと煙のように広がるアヤしい想像を振り払うべく、何度もかぶりを振った。

――とにかく、落ち着いて。

蒲生さんにはその気はないはず。むしろ、邪《よこしま》な考えを抱いているのはわたしのほうかも……

何もない。ただ、寝るだけ――。そう強く自分に言い聞かせてベッドに潜り込み、シーツを被《かぶ》った。

シーツを引き寄せ、肩にかけたとき、ほんのりと覚えのある香りがした。今まさに、わたしが纏《まと》っているボディソープの香り。

これが普段から彼の肌と直接触れているものだと思い知らされて、ドキッとした。

ああ、また変なことを考えている。意識したくないのに……！

シーツに包《くる》まり、部屋の奥側に身体を寄せる。ドアに背を向けた体勢で悶々《もんもん》としていると、いつの間にかシャワーの音が止み、ドライヤーの音が聞こえてきた。

どうしよう、もうすぐ蒲生さんが戻ってくる。わたしが寝ているこのベッドに、入ってくる。

ほどなくしてドライヤーの音は消え、扉の閉まる音が響いたかと思うと、足音がこちらに近づいてきた。

寝ているであろうわたしを気遣っているのか、この部屋の扉を開く音はとても控《ひか》えめだった。

不意に、瞼《まぶた》越しに感じる眩《まぶ》しさがなくなった。おそらく、部屋のシーリングライトが消えたのだろう。

こちらに近づいてくる気配とともに、シーツを捲《めく》る音がした。マットレスが沈み、蒲生さんがベッドに入ってきたのがわかる。

わたしの心臓がバクバクと壊れたように鼓動《こどう》し始めた。

こんな大きな音を立てていたら、起きているのがバレてしまう。意識しない、意識しない。

言い聞かせれば言い聞かせるほど、鼓動《こどう》が加速していくのが恨《うら》めしい。

シーツに滑《すべ》り込んでくる蒲生さんの足先が、わたしの足に当たる。

——熱い。

びっくりしたけれど故意ではなかったようで、その熱は衣擦《きぬず》れの音と一緒に遠ざかった。

わたしは動揺を抑《おさ》えることができずに、強く目を閉じる。

「起きているか？」

囁《ささや》くような声で問いかけられた。

耳元に落ちる吐息は、わたしが意識しているせいか甘く感じる。

わたしは反応しなかった。というより、できなかった。

どんな風に反応していいのかわからなかったからだ。

恋人でもないのに、同じベッドに肩を並べて寝ているこの状態で、自然な振る舞いをする自信が、わたしにはない。

「……」

静寂《せいじゃく》が耳に痛い。

と、そのとき、蒲生さんの手のひらが、わたしの前髪に触れた。

驚きのあまり、情けない声が出そうになったけれど、辛うじて堪《こら》える。

彼の指先が額《ひたい》に置かれた。それは、さっき足先が触れ合ったときとは違い、確かな意思を感じる触れ方だ。

ほぼ同時に、彼の吐息が頬にかかるのを感じる。

ということは、わずか数センチ先に蒲生さんの唇があるということだ。

わたしは痛いくらいに脈打つ心臓の音が彼の耳に届かないことを祈りながら、完全にパニックに陥《おちい》っていた。

彼はどういうつもりで、わたしに触れているのだろう。

額《ひたい》に触れていた指が顎《あご》を通り、首元に降りる。すると、頬に柔《やわ》らかくも温かい感触がした。

——っ！　ええっ⁉

わたしは内心で悲鳴を上げた。キスされたのだ。

もしかして蒲生さんたら、このままわたしのこと……？

ダメダメダメっ！　わたしはそういうつもりでこの家に来たわけじゃないのにっ……‼

今日一日の出来事が、あれやこれやと走馬灯《そうまとう》のように浮かんでは消えていく。こんないやらしいことをするために、彼の家に引っ越したわけじゃないけど……彼の目的は、結局それだったんだろうか？

混乱しながら、それでも動けずにいると——

「ゆっくり休め」

彼の穏《おだ》やかな声が聞こえた。そしてわたしの頭を優しく撫《な》でる手のひらの感触。

そのまま距離ができ、彼が扉側に寝がえりを打つのがわかった。

少しして、規則正しい寝息が聞こえてくる。

……あれ。寝た？

彼が寝たことを感じ取ると、張りつめていた緊張が一気に解けた。

とんだ取り越し苦労だ。散々こちらを振り回しておきながら、こんなにあっさり寝に入られてしまうとは。

あー、もう。疲れた――わたしも寝るっ！

固い決意で眠りの世界に飛び込んで行ったけれど、ぶつけどころのない、形容しがたいフラストレーションを抱えていたわたしの意識が途切れるには、しばらくの時間を要したのだった。

5

肩透かしを食らったあの夜から、わたしと蒲生さんが色っぽい雰囲気になることは一度もなかった。

翌日には待ちわびていたわたし専用のシングルベッドが無事に届き、一緒に寝るような機会がなくなった――というか、それが普通なんだけど――のもあるけれど、一番は、蒲生さんがわたしの想像よりも遥《はる》かに忙しい日々を送っていたためだ。

午前様や朝帰りは当たり前で、日帰り出張や泊まりもしょっちゅう。社長業やコンサル業の傍《かたわ》ら、最近はそういったノウハウや経験を書籍にして出版してほしいとの依頼も来ているみたいで、空いた時間は執筆作業に当てているらしい。

それでも蒲生さんは、そんなスケジュールを辛いとも嫌だとも言わず、粛々《しゅくしゅく》とこなしていく。

正直、よく身体が保っているなと感心する。他人よりも体力に自信があるわたしでも、これが日常では到底耐《た》えられる気がしない。

けれど、蒲生さんによると、コンサル業とはこういうものなのだそうだ。

お客さんが相談があるというのなら深夜の呼び出しにも可能な限り応じるし、お客さんが地方に拠点を構えているなら、打ち合わせのために毎回現地に赴《おもむ》く。

顧客《こきゃく》あっての仕事だから、「会社に行く」より「客先に行く」と言って出かける頻度が圧倒的に高い。

電話での打ち合わせも多い。夜中や早朝にも仕事の電話を頻繁《ひんぱん》に受けているみたいだ。

彼にハウスキーパーが必要な理由がよくわかった。仕事がこれだけハードなのに、家のことまで自分でこなさなきゃいけないなんて、遅かれ早かれ生活が破綻《はたん》してしまう。

蒲生さん自身が忙しいせいか、彼は朝起きてから夜寝るまで、ありとあらゆるタイミングでわたしに用事を言いつけてくる。それは、まあまあ大変だったりする。

けれど、それを承知で住み込みをしているのだから、そのことについてとやかく言うつもりはない。それが今のわたしの仕事だということを、十分にわかっている。それで我が家が一家心中から救われると思えば、不満などあるはずがない。

ただ、本当に時間を選ばずに指示されるので、いついかなるときも対応できるように、常にスタンバイ状態でいなければならないのは、なかなかにハードだ。

出張の多い蒲生さんのために飛行機や新幹線のチケットを取ったり、お客さんと食事をするためのお店や、宿泊先の予約。どうしても急ぎでお客さんに渡さなければいけない書類を届けに行ったり、反対に蒲生さんが出張中の宿泊先に、お客さんからの届け物を渡しに行ったことも何回かある。

本来彼は自分のことは自分でやりたいタイプのようだけれど、わたしのことは信頼してくれているみたいで、徐々に頼んでくれる仕事が増えていった感じだ。わたしも、頼ってもらえるのは嬉しいから、それを喜んで引き受けている。

仕事先に届け物をしにいくのは、大変だけどドキドキもする。一番遠いところで片道三時間もかかったけれど、普段はお目にかかれない蒲生さんがお仕事に取り組む姿を見ることができて、胸が弾んだ。

仕事をしているときの彼は、言葉数こそ多くないものの、真剣なその一言一言の言葉には重みがあった。そしてやはり、うちのお店で蛭田さんと対峙《たいじ》したときのような、この人になら任せられるという安心感がある。

彼の新たな一面を垣間《かいま》見て、ドキッと胸が高鳴った。

彼は、口調こそ淡々としているものの、わたしへの感謝の言葉やねぎらいを忘れない。

「遠いところをわざわざありがとう」「いつも助かるよ。君が来てくれて本当に助かる」とかそんな感じだ。

帰りがけには「君の顔を見られて、元気がもらえた」なんて言ってくれたこともあって……それってどういう意味なんだろう、とソワソワしたのは内緒だ。

とはいえ、そんな日々が続いていたものだから、うちの店の立て直しを具体的に相談する暇なんて全然なかった。

今日も彼は忙しく、朝から名古屋に向かう予定だった。しかし、出かける直前、会う予定だったお客さんから、『仕事のトラブルで急遽《きゅうきょ》日程を変更してもらいたい』という電話がかかってきたのだ。

そのため終日名古屋にいる予定が、突然ぽっかりと時間が空いてしまったようだ。その他の仕事や執筆も、今は落ち着いているらしい。

そこで、今日『洋菓子の若林』の立て直し作戦会議の日にしよう、という流れになったのだ。

残されたリミットはあと二ケ月とちょっと。

正直、今日まで、あれ？　もしかしてわたし、ただこき使われてるだけになってない？　と思うことも多々あった。

しかし、これでうちの店も新たな一歩を踏み出せる！　と、心が躍《おど》る。

「コーヒー淹《い》れました」

「ああ」

ダイニングテーブルに着いている蒲生さんの手元には、罫線《けいせん》の入っていないルーズリーフが一枚と、三色ボールペンが置かれている。わたしはそれらを避《さ》けるように、コーヒーの入ったマグを置いた。マグの中身は真っ黒。ミルクも砂糖も入っていない、ブラックだ。わたしがこの家で暮らし始めてちょうど三週間が経過し、蒲生さんの定番はほぼわかってきた。彼はスイーツは好きだけど、飲み物はあまり甘くないものを好んでいる。

自分用に砂糖とミルクをたっぷり入れたカフェオレのマグをテーブルの上に置いて、わたしは蒲生さんの向かいに座った。

「じゃあ始めよう」

「よろしくお願いします」

わたしは武士のように、深々と頭を下げた。

彼は頷《うなず》いてからコーヒーを一口啜《すす》ったあと、ルーズリーフをわたしと彼のちょうど間の位置に移動させ、ボールペンを手に取る。

「人気店になるためには、いくつかのルールがある。そのルールからはみ出ている箇所を、改善点として変えていかなければならない」

「うちの店の場合、どういう部分になるんですか？」

「ほぼ全部だ」

ぐさっ。

「ほぼ、ぜんぶ……」

蒲生さんのサラッとした物言いが、容赦《ようしゃ》なく胸に突き刺さった。

「それを今から細かく伝えていく。といっても、一から十まで全部挙げるとキリがない。まずは絶対に押さえなければいけない部分だけ優先する。それを先に変えれば、それだけでも十分に効果は発揮される」

「うう……」

そんなに悪い部分が多いとは——さらに追い打ちをかけられて精神的にダウンしかけるも、なんとか残った気力を振り絞《しぼ》って彼の話に耳を傾《かたむ》ける。

「一つ目は、店の名前だ」

蒲生さんがルーズリーフにペン先を走らせる。

『一．店名を変更する』という黒い文字は、教科書の文字みたいに綺麗で、罫線《けいせん》のない紙の上でも、定規《じょうぎ》で引いたみたいに真っ直ぐ書かれた。

「『洋菓子の若林』、ダメですか？」

「ダサい」

「ダサいって！」

何て酷い言いざまだ。思わず立ち上がりかけたわたしを、蒲生さんが片手で制す。

「では逆に訊《き》くが、店主はどういう目的があってその名前にしたと思う？」

「え？　さ、さあ、わからないですね」

もしかしたら理由を聞いたかもしれないと、一生懸命記憶を辿《たど》ってみる。けれど、それらしい内容は思い当たらない。

「でも多分、深くは考えてないと思います。父はお菓子作り以外のことには適当なので」

「それがよくない」

蒲生さんは首を横に振った。

「店名は店の第一印象と言っていい。例えば客が店の情報を得たとして、店舗の様子がわからないときには、まず店名だけで店をイメージする。だから店名は、できるだけ店の中身やサービスの内容が伝わるように工夫するのが鉄則だ」

「なるほど……」

「『洋菓子の若林』も菓子屋であることはわかって、一見よさそうに思うかもしれない。でも、情報が少しおおざっぱすぎる。洋菓子の中でも何がウリなのか、その店独自のサービスが生み出せる可能性があるものは何か。それらを考えて、要約するべきだ」

蒲生さんは、理路整然と説明する。

ドタキャンを食らった関係で、家の中なのにスーツを着ていることも相まって、学校の先生みたいだと思う。論理的で、どんな難問でもスラスラとわかりやすく解説してくれそうな数学教師のようだ。理知的な姿にドキドキしてしまう。

蒲生さんはワイシャツのポケットからスマホを取り出して、わたしに画面を向けた。

「これを見ろ」

「……これ全部、スイーツのお店ですね。あ、ここ知ってる……ここも」

画面に映し出されていたのは、都心にある、人気のスイーツショップを纏《まと》めたインターネットの記事だった。インデックスに並んでいる店名は、英語やフランス語、イタリア語など、ほとんど横文字だ。

「漠然としたイメージでいい。『洋菓子の若林』と、ここに並んでる店名、どちらがより美味《おい》しそうな菓子を売ってくれそうな気がする？」

「……」

「そういうことだ」

言わずもがなの回答に、ぐうの音も出ない。

「店で一番売りたいものは何だ？　もしくは、どういうイメージやサービスを大事にしていきたいと考えている？」

「えっと」

わたしは少しの間、考えを巡《めぐ》らせる。

「お店で一番売りたいのは……やっぱり蒲生さんにも食べてもらったパウンドケーキ、かな。昔からあれを目当てに買いに来てくれるお客さんもいるし、わたしたち家族にとっても特別な意味を持つお菓子だから」

「君のお父さんが、お母さんにプロポーズしたときに贈《おく》ったもの、だったよな？」

「はい」

パウンドケーキのエピソードは、三週間前、蒲生さんを我が家のリビングに呼んだときに、父が話していた。蒲生さんに自分のパウンドケーキを褒《ほ》めてもらえたのがよほど嬉しかったらしい。

「そういう、ハートフルなエピソードがあるのも強みだ。店名には他人に説明できる由来《ゆらい》があったほうが記憶に残りやすいし、親しみを持たれやすくなる。飲食店にかかわらず、名前の浸透している店やサービスの名称は、きちんと意味を持っていることが多い」

言いながら、蒲生さんはペンを赤い色に切り替え、先ほどの文のすぐ下に『パウンドケーキに関連する単語やその組み合わせ』と記す。

「次は外装と内装だ。ストレートに言う。あの店は古くて汚い」

「……本当にストレートですね」

そんなの、毎日店で働いているわたしが一番よくわかっている。

「キレイにできるならしてますよ。でも、外装にしても内装にしても、手を加えるとお金がかかりますもん。うちはカフェスペースもないし、それならその分を新しいお菓子の試作とかに回したほうがいいじゃないですか」

「客が入らないのに菓子の種類だけ増やしても意味がない」

「うっ」

蒲生さんから放たれる、ド正論のパンチが思い切りヒットする。

「君が思うよりも、店の見た目というのは非常に重要な役割を担《にな》っている。場合によっては、本質である菓子の味より重要視されることがある」

わたしの意見を一蹴《いっしゅう》すると、蒲生さんは一つ目の項目の下に『二．外装と内装を整える』と書いた。

「店の見た目は、味のイメージや衛生的かどうかという点に繋《つな》がってくる。いくつか例外もあるが、女性客の多いスイーツ店においては、清潔感や統一性があり、スタイリッシュであることが必須だろう」

「で、でも、繁盛《はんじょう》してる中華料理屋の床は油でツルツル滑《すべ》るとか、汚い定食屋ほど美味《おい》しいとか言ったりするでしょう？」

そんな情報をテレビで見たことがあるし、実際そういうお店が出す料理は美味《おい》しい気がする。

「そういうのはさっき言った例外だ。安くて味が良ければ他のことには目を瞑《つむ》るという客もいることにはいる。ただ、俺の経験では、そういった客層とスイーツ店に来る客層は全く別だ」

……またもや一蹴《いっしゅう》されてしまった。

「そ、そうですか」

「建物が古いから仕方がない部分はある。けれど、一階部分の外壁と内壁だけでも手を加えれば、印象はかなり変えられる」

「ただ、その、父も言ってたと思いますけど、うちには工事を発注するお金なんてないんです。本当に経営が苦しくて……」

お店の立て直しにおいて、その工事が大きな成果を得られるというのならチャレンジしてみたいとは思う。でも今の我が家の経済状況では、そのスタートラインに立つことも難しい。

歯がゆい。せっかく蒲生さんが実になるアドバイスをしてくれているのに。

「やってみたいという気持ちはあるのか？」

「はい、気持ちは」

「そうか。なら、業者には俺が話をつけよう」

「えっ？」

「知り合いの業者に頼んで、費用を抑《おさ》えつつ、かつ請求を遅らせてもらうようにする。工事も大至急やってもらえるように依頼しよう。工事ができれば、三ヶ月――いや、もうあと二ヶ月か。二ヶ月もあれば、店の売り上げが伸びて工事費の支払いくらい困らないようになる」

どうやら、蒲生さんは仕事柄、建築関係の会社とも付き合いがあるらしい。彼の顔の広さには、本当に驚かされる。しかし――

「ありがたい話ですけど、せっかく支払いを伸ばしてもらっても、そのときまでに店が繁盛《はんじょう》してるかどうかはわからないですよ」

「繁盛《はんじょう》しているに決まっている」

「絶対ですか？」

「絶対だ」

蒲生さんは、真っ直ぐにわたしを見つめてそう宣言する。

確かにこの人は、初めて会ったときも『飲食店を繁盛《はんじょう》させるのが俺の仕事だ。俺が繁盛《はんじょう》させると決めた店は、絶対にそうなる』と、確信を持って言っていた。

先が見えづらいことほど、人は『絶対』という言葉を避《さ》けるのに。

少しの躊躇《ちゅうちょ》も怯《おび》えもなく、その言葉を口にするんだから、蒲生さんはすごい。

そんな彼だからこそ、素直について行ってみようと思えるのかもしれない。

彼が言うことは、本当にその通りになるような気がして――何故か胸がドキドキした。

「内装と外装は、店名の雰囲気とリンクさせた方がいい。だから内容については、店名が決まってから考えることにしよう」

「わかりました」

わたしは彼に信頼のまなざしを向けて、力強く頷《うなず》いた。

彼は一瞬目を大きく見開きわたしを見つめたが、すぐに手元のルーズリーフに視線を戻す。

「——最後。商品とその配置だ」

二番目の項目に赤色で『店名のイメージに合わせる』と書き加えたあと、その下に今度は黒色に切り替えて『三．商品の種類とその配置』と書く。

「今、店に置いてある商品は何種類ある？」

「えーと……どれくらいあったっけ……」

「君は自分の店が売っている菓子を覚えてないのか？」

「製菓担当は父なんです。わたしはその手伝いをしているだけで」

呆れた顔で訊《たず》ねる蒲生さんに言い訳をしながら、店の陳列棚を思い浮かべ、両手を出して数えてみる。

季節ごとでラインナップに加えたり、外したりするものもあるし、父が気まぐれに作ったものをいくつか日替わりで置いたりもしているから、わたしも具体的な数は把握《はあく》していない。

「客の少ない店が多種類の商品を売るとロスが増える。ロスを極力減らすのが飲食店では絶対だ。商品の数はもっと絞《しぼ》ったほうがいい」

「確かにロスは多いです」

特に日持ちのしない生菓子は、あまり数は作っていないにしても、そのほとんどを廃棄《はいき》してしまうときもある。

「売り上げや生産コストを一覧にしてみないと何とも言えないが……いっそ生菓子はやめて、焼き菓子に限定してもいいかもしれない。他の店との差別化をはかれるし、店のコンセプトもはっきりする」

「は、はい」

「それと配置も考えることだ。例えば、あのパウンドケーキ。店の一番人気という割には、変な場所に置いてあったな。目立たせたいものほど目線に入りやすいところへ置くというのは、もはや常識だ。今すぐにでも改善するべきだ」

「う、そうですね。その通りだと思います」

すべての商品がきっちり収まるように配置についてはは考えているつもりだったけど、それは『売るための配置』とは程遠かったらしい。

「一度に言っても覚えきれないだろうから、細かい配置の説明は、内装と外装を整えてからにしよう」

最後に、『焼き菓子に限定？ 他店と差別化を』と書き足してから、蒲生さんはルーズリーフとボールペンをわたしのほうへ向けた。

「以上を踏まえて、君に急ぎでやっておいてほしいのは、店の名前の候補を出すことだ。できたら君のご両親と一緒に、十通りくらい考えておいてくれ。候補が出揃《そろ》ったら、その中から俺と一緒に検討しよう。店名が決まったら、それに合う外装や内装をイメージして発注する」

「わ、わかりましたっ」

「工事の発注から完成までを逆算すると、あまり時間がない。そうだな——今日は俺のスケジュールが空いたから、急ぎの用事はもうない。相談をしに自宅に帰ったらどうだ」

「いいんですか？」

「ああ」

蒲生さんが快く頷《うなず》く。

自宅に帰るのは久しぶりだった。これまでひとり暮らしの経験がなかったこともあり、ホームシックと言うには大袈裟《おおげさ》だけど、そろそろ両親の顔を見たいな——なんて考えていたのだ。

「ありがとうございます。じゃあ、そうしますね」

「それじゃ、健闘を祈る」

そう言って、蒲生さんが椅子から立ち上がる。話は終わり、ということだろうか。

「あの、蒲生さんっ」

わたしは慌《あわ》てて、自分の部屋へと戻って行きそうな彼を引き留める。すると、彼は不思議そうな顔でわたしを見た。

「蒲生さんのアドバイス……うちの両親、きっと喜ぶと思います。蒲生さんの言う通り、パッとしない店ですけど、両親の生きがいはあの店なんです。わたしも同じように思っています」

わたしは瞼《まぶた》の裏に両親の顔を思い描きながら続ける。

「手前みそですけど、お父さんが作るお菓子は美味《おい》しいと思ってます。たくさんの人に、うちのお菓子を食べてほしい。その夢を叶えられるように——チャンスをくれた蒲生さんにも、素敵な店になったねって褒《ほ》めてもらえるように、お店の名前……一生懸命考えてきますね」

わたしが言うと、蒲生さんはふっと優しく笑った。

「精神論は好きじゃないが、結局のところ事態を動かす一番のエネルギーは、そうしようとする本人の気持ちだと思ってる。君にはそれがあるのが強みだな」

彼は言いながら、わたしの頭の上にぽんと手を乗せる。

その瞬間、心臓が跳《は》ねる音がした。そういえば彼と出会ってから、この感覚を度々味わっている気がする。

「いろいろ意見は言ったが、君の店を全否定してるわけじゃない。あのパウンドケーキは最高に美味《おい》しい。胸を張っていろ」

「は、はい……」

「両親に、元気な顔を見せて安心させてやれ。いつも無理を押しつけてばかりだから、久々にリフレッシュしてくるといい」

彼は、わたしの前髪をくしゃりと撫《な》でると、そのまま廊下へと出て行った。

わたしは、彼の後ろ姿を目で追いかけながら、ドキドキと高鳴る胸を何とか鎮《しず》めようと努めた。

彼のおかげで、希望を捨てずにいられる。

――この人の『絶対』なら信じられる。彼にとことんついて行こう。

そう決意したわたしは、蒲生さんがそうしたように自分の前髪に触れる。

彼の温もりがまだ前髪に残っているような気がして、胸の鼓動《こどう》は、しばらく収まってはくれなかった。

6

「いらっしゃいませ」

ステンドグラスに彩《いろど》られたカントリー調の扉を開けた先には、大きなショーケース。その脇には、縁に白いレースのついた三角巾と紺のワンピースに身を包んだ女性がふたり並んで立っていて、わたしたちをにこやかに迎え入れてくれた。

「二名だ」

「二名様ですね、かしこまりました。こちらへどうぞ」

一歩前に出て蒲生さんが告げると、ふたりの女性のうちのひとりが、奥へと案内してくれる。

彼から「連れていきたいカフェがある」と言われたのは、打ち合わせの三日後のことだった。

以前自分がコンサルタントを務めたカフェが、『洋菓子の若林』の立て直しの参考になるのではないかというのだ。

わたしとしても、将来の店の姿をイメージする貴重な機会だと思ったので、「是非！」と返事をした。そして本日、彼の貴重な休みを利用して、件《くだん》のカフェ――『本田《ほんだ》ナチュラルファーム』にやって来た。

白塗りの壁に、木の窓枠と扉が印象的な可愛らしい外観だ。お店を囲むように並べられたプランターには、ピンクや黄色の花が咲いている。

入り口にはテイクアウト用のショーケースが置かれ、奥がカフェスペースとなっている。案内されたふたり掛けのテーブルは、羽目板風の素朴な作りである。椅子もお揃《そろ》いだ。

午後のお茶の時間に差しかかるころとあって、控《ひか》えめだけれど明るい笑い声があちらこちらから聞こえてくる。カフェスペースはお客さんでほぼいっぱいのようだ。

案内してくれた女性は、メニューを一部置いて「ご注文がお決まりになりましたらお呼びください」と言い残し、その場を離れていく。

「可愛いお店ですね」

わたしは興味津々《きょうみしんしん》に周囲を見回した。

レンガの床に対して、白い壁にはラインを引くようにところどころ様々な色のタイルが並べられている。

備品は木製のもので統一しているみたいだ。レトロなペンダントライトのぼんやりした明かりが、気取らない心地よさを感じさせる。

素朴で温かみがあって可愛い。そんな印象のお店だ。

「ここはチロリアンをコンセプトにしたカフェなんだ」

「チロリアンって？」

「アルプス地方に住む人々の民族服やアクセサリーのことだ。これが一番わかりやすいな」

全くピンときていないわたしに、蒲生さんはスマホを操作して一枚の画像を見せてくれた。

そこに写っているのは、アルプスの山小屋に住む少女が主人公の有名なアニメだ。

牧場があって、小さな小屋があって、動物がいて、陽気な人たちがいて――

「これに写ってる女の人、カフェの店員さんと同じような格好をしてますね」

店員が着用しているのは、三角巾に白いパフスリーブのブラウス。それに、紺色の、裾《すそ》の広がったジャンパースカートのような服だ。裾《すそ》には花の模様が刺繍《ししゅう》されたテープが縫いつけられている。

「チロリアンの衣装をイメージした制服だ。あまりゴテゴテと飾《かざ》りすぎるとコスプレっぽさが出て安っぽく見えるから、あくまで寄せる程度だがな。雰囲気は伝わるだろう？」

「うん、可愛いです」

制服のほうはシンプルなデザインなので、コスプレ感はない。そのほうが、女性向けのカフェとしては印象良く映るのかもしれない。

「ここの店で、君にぜひ食べてもらいたいものがあるんだ。俺が注文してもいいか？」

「はい、お任せします」

わたしの返事をきくと、蒲生さんは差し出されたメニューを一度も見ることなく、ひらりと片手を挙げて先ほどの店員さんを呼んだ。そして、何やら注文をしている。

「最初この店は、ケーキ屋だったんだ。契約している静岡の農場から毎日新鮮な牛乳が届いて、その生クリームを使ったショートケーキをメインにしていた」

「でも蒲生さんが呼ばれたってことは、あまりお客さんが入っていなかったんですよね？」

「ああ。この辺りは駅からちょっと距離があって、どちらかといえば住宅街だ。似たような持ち帰りのスイーツ専門店は駅からこの店の間にいくつかある」

「確かに、ありましたね」

わたしは頷《うなず》いて、ここに来る道中で見かけたお店を思い出す。東京の西側という、少し都心から離れた地域柄か、どれも小綺麗で気軽に入りやすそうなお店だった。

「そうすると、競争が起こる。競争すると優劣がつくだろう」

「つまり、周囲のお店に比べると、あまり人気がなかったんですね」

「そういうことだな。……だから競争を止《や》めた。人の集まる駅前に多く置かれがちなカフェを、敢《あ》えてここに置くことにしたんだ。そうすると、競合相手はほとんどいない。そこで、産地直送の新鮮な牛乳というアピールポイントに加えて、添加物なしの自然派スイーツ、というキーワードを盛り込んだ。そうすることで、立地が不利でも健康志向の客層を取り込むことができる。さらに外装や内装にチロリアンのテイストを入れて、可愛らしく優しい雰囲気に纏《まと》めた」

「競争を止《や》めるために、カフェにしたんですね」

提供されるスイーツが添加物ナシで安心安全かつ可愛い店というのは、強く惹《ひ》かれる人もいるだろう。特に子育て中の女性とかは、喜ぶのではないだろうか。実際、店内には子連れのママ友らしきグループが多い。

「メニューはケーキ類を半分減らして、その分、その場でしか食べられないものを増やした。せっかくこだわりの新鮮な牛乳があるのなら、ソフトクリームを作らない手はない。ソフトクリームはパンケーキやパフェにも応用が利く」

そんな話をしていると、トレイを抱えた店員さんが「失礼します」とやって来た。

わたしと蒲生さんの前にそれぞれ、丸いプレートが置かれる。載《の》っていたのは、二枚重ねのふわふわパンケーキに、カットされたいちごやブルーベリーなどの果物とソフトクリームだ。

「わ、美味《おい》しそうですね！」

「そうだろう。これが一番よく出る組み合わせだ。ここに来たら、これをぜひ君に食べてほしいと思っていたんだ」

わたしは、店員さんがコーヒーとカフェオレを置いて席を離れたのを確認してから、フォークとナイフを手に取った。丸いパンケーキの端にナイフを入れ、ソフトクリームと果物を少しずつ載《の》せて頂く。

――うん、思ってた通り、美味《おい》しい！

生地は、ふわふわしているのにもっちりしている。こだわっているというソフトクリームの上品で爽《さわ》やかな甘さと、ベリーの酸っぱさがぴったりハマっていて頬が落ちそうだ。あまりの美味《おい》しさに自然と顔が綻《ほころ》ぶ。

「感想を聞こうと思ったが、その顔を見ていればわかるな」

蒲生さんが珍しく破顔している。

指摘されて、わたしは慌《あわ》てて口元を引き締《し》めたものの、レアな彼の笑顔に目を奪われてしまう。

……こんな風に、感情を露《あら》わにする蒲生さんは珍しい。

珍しいといえば、今日はプライベートでの外出なので、彼はスーツではなく、紺のジャケットに白いインナー、ベージュのチノパンにスニーカーを合わせるという、いつもよりラフな格好をしている。そのせいで、仕事モードが抜けていて、笑顔も多いのだろうか。

対してわたしの今日の装《よそお》いは、黒いキャミソールワンピースに白いTシャツのインナー、太めのヒールのサンダルだ。てっきり彼はいつものスーツかと予想していたので、それに合わせようと、普段に比べてぐっとフェミニンに寄せている。

並んだときに服装のバランスがちぐはぐだったら変かなと思っていたんだけど……いつもよりリラックスした蒲生さんを見られて、得をした気分だ。

「蒲生さん、お久しぶりです」

——そのとき、わたしたちのテーブルにひとりの男性がやって来た。

白いシャツに黒いスラックス姿で、年齢は三十代後半くらいだろうか。一見ワイルドな風貌《ふうぼう》だけど、顔には人のよさそうな笑みを湛《たた》えている。

「どうも、ご無沙汰《ぶさた》しています」

蒲生さんが席を立って頭を下げたので、わたしも慌《あわ》ててそれに倣《なら》う。

「蒲生さんがいらっしゃってるって聞いて、すっ飛んできました。いやー、いつもと雰囲気が違ってらっしゃるので、一瞬わかりませんでしたよ」

男性は、今まさにわたしが考えていたことを口にして、豪快に笑うと、わたしのほうに視線を移した。

「奥様ですか？　あれ、でも蒲生さんはまだ独身だったはずじゃ……」

ふたりしてプライベートな装《よそお》いで訪れたとなれば、彼が勘違いするのもおかしくない。

「最近結婚しまして」

こともなげに、蒲生さんが嘘を吐く。

「え⁉　ちょ、ちょっと、何言ってるんですか！」

突然のことに、わたしの理解が追いつかない。

「冗談だ」

うろたえるわたしに、彼は意地悪にそう言った。

彼の不敵な笑みにドキドキする。

今日の彼は何だかいつもと違いすぎて、振り回されっぱなしだ。

そんなわたしに構わず、蒲生さんはあっさりいつもの調子に戻った。

「――彼女は、仕事の関係で少し」

男性は笑って「そうなんですね」と頷《うなず》いた。

すっかり平静な蒲生さんに対して、わたしの心臓は早鐘を打っている。

「彼はここのオーナーの平澤《ひらさわ》さんだ」

「平澤です。はじめまして」

「わ、若林です」

わたしは名前を名乗ると、平澤さんにもう一度頭を下げた。

「僕、蒲生さんには大変お世話になってるんですよ。彼にこの店の窮地《きゅうち》を救ってもらいましたから」

「当然ですよ。それが僕に与えられた役割で、平澤さんと交わした約束です。約束は必ず果たさないと意味がない」

「カッコイイなぁ、そうやって言い切れるの。さすが蒲生さんだ」

度がすぎるほどに蒲生さんを褒《ほ》めちぎる平澤さんだけど、彼と同じ状況にあるわたしにはその気持ちがよくわかる。わたしにとって蒲生さんがスーパーマンであるように、平澤さんにとってもそうなのだ。

世間話を二言三言交わし、最後に平澤さんが「それではごゆっくり」と告げて厨房《ちゅうぼう》へ去って行った。わたしたちも席に着く。

「そうだ、店の名前だが、候補の中にいいのがあったから、決めさせてもらった」

「どれですか？」

実家に帰ったその日のうちに、辞書やインターネットを駆使《くし》して十通りの候補を挙げ、蒲生さんに渡していた。

「『As de coeur《アス ド クール》』だ」

As de coeurは、フランス語でハートのエースを意味する。和仏辞典を捲《めく》りつつこの案を出したのは母だ。

『メインで売りたいのは、やっぱりパウンドケーキでしょう。ケーキをカットしたとき、中のパート・ド・フリュイが現れて、トランプのハートのエースみたいに見えない？』

……と、嬉々《きき》として語っていたっけ。

「それ、わたしもいいと思います。ちゃんと商品に係《かか》った意味があるし」

「店の名前がフランス語だから、外装や内装もそれに合わせる。時間もないし、俺のほうでフランスのパティスリーをイメージして発注済みだ。ご両親には、しばらくの間ゆっくりしていてほしいと伝えてくれ」

「はい、わかりました」

工事が入るということは、その間、店の営業は停止しなければならない。とはいえ、工事が完了するまで、母はともかく父はソワソワしていることだろう。

二十四年間、お菓子を作り続ける毎日だったから、その習慣は簡単には抜けないはずだ。

「仕事の話はここまで。せっかく美味《おい》しいものが目の前にあるんだ。それを堪能しよう。ソフトクリーム、溶けそうだぞ」

「あっ、本当だ」

見ると、ソフトクリームがヘタってきている。こういうのは、食べどきを逃してはいけない。

それから、わたしと蒲生さんは、黙々とパンケーキを頬張った。

まだ一ヶ月ほどしか彼を知らないけれど、蒲生さんのスイーツ好きは本物だと思う。まず、スイーツのこととなると目の輝きが違う。そして、食べる姿が真剣そのものだ。思い返してみれば、うちでパウンドケーキを食べたときもそうだった。

なるほど、わかってきた。彼のテンションがいつもより高い気がするのは、仕事モードを脱したからじゃなくて、甘いものが食べられるからじゃないだろうか。家では食べる機会がないから、あくまで勘だけど。

……でも、ちょっとでもわたしとの時間を楽しんでいたら、なんて思う。

「――美味《おい》しかった～」

少し量が多いかな、と思ったけど、ペロリと完食できた。

絶品パンケーキにお腹も心も大満足で、自《おの》ずと笑みが浮かぶ。

蒲生さんはそんな私を一瞥《いちべつ》すると、くすりと小さく笑った。

「そういえば、今日は電話、鳴《な》りませんね」

いつも頻繁《ひんぱん》にかかってくるはずの着信がないことに気づくと、わたしと同じくパンケーキを食べ終えた蒲生さんが、コーヒーカップを持ち上げて口を開く。

「今の時間は、電源を切ってる」

「えっ、蒲生さんにも、そういうときあるんですね」

「たまには一息吐いてもいいだろう」

「あはは、そうですよね」

少し困った風にコーヒーを啜《すす》る蒲生さんを見て、つい笑ってしまう。

いつも忙しいばかりでは、本当に身体がもたない。超人だと思っていた蒲生さんでも、当たり前に疲れたりするんだろう。

「休みの日って、少ないんですよね」

「そうだな」

「大変ですね」

「君だって大変だろう。休みなしに毎日働いて」

「それはまぁ、この三ヶ月はそういう約束ですし。でも、二十四時間フルに働いてるってわけでもないので」

その日の蒲生さんの予定によっては、急遽《きゅうきょ》仕事を頼まれて体力的にキツいときもある。でも、そうでなければ休憩する時間を作ることもできるから、不自由はしていない。

「とはいえ、自宅にもあまり帰れないだろうし、プライベートにも支障が出るんじゃないか」

「支障をきたすほど充実してないんで。最近は特に」

プライベート、という言葉から最初に連想した人物は、この前別れた久嗣だった。

「最近？」

「あー……」

蒲生さんとは基本的に仕事の話をするだけで、お互いの私生活、とりわけ恋愛に関する話題が上ったことはただの一度もなかった。

「その、まぁ……お店がなくなるかもしれない、ってなる少し前に、急に彼氏にフラれたんです」

話してもいいものかどうか戸惑いつつ、蒲生さんの瞳が話の先を促《うなが》しているような気がして、わたしはぽつぽつと久嗣とのことを打ち明けた。

「半年付き合った彼氏が二股してた、か……」

「しかも本命じゃなくて二番手のほうですよ。一方的に『別れたい』ってそのまま。もうギャグです、ギャグ。そう思うことにしました」

「逞《たくま》しいな」

「そう思わないとやってられないってことです」

カフェオレを一口飲んで、ふーっと息を吐く。

そう。裏切られたなんて深刻に捉《とら》えたら、それこそやってられない。

「君は今いくつなんだ？」

「二十六です」

そういえば年齢すら、ちゃんと伝えたことはなかったな、と思い、わたしは苦笑して答える。

「まだ若いから、チャンスはいくらでもある。腐《くさ》ることはない」

「ありがとうございます。でも今回の失恋で、恋愛って空《むな》しいなぁって思ったりもして」

「そうか？」

「出会ってから付き合うまでって、こう、段階を踏んでいくじゃないですか。お互いの好意が少しずつ募《つの》っていって、その気持ちが通じ合って。付き合って、また徐々に関係を深めていく、というか」

それはまるで、何層にも重なるミルクレープのように。一緒に過ごした日々の分だけ、確固たる関係を築いていけるものだと思っていた。

「でも、終わるときって一瞬ですよね。『別れよう』って言われたら、全部リセット。互いの間に芽生えたと思っていた何もかもが、なくなってしまう」

堅く結ばれていると思っていても、別れたら跡形もなくなって、それでお終い。そういうのが、何か……たまらなく寂《さび》しく思える。

「あまり難しく考えないほうがいい。本当に縁のある男とだけ、ずっと関係が続くものなんだと思えば納得できるだろう」

……そうなのかもしれない。

けど、わたしにそんな男の人は現れるんだろうか。仕事柄、同年代の男性と出会う機会も少ないし……、と考えながら、ふと目の前に座る蒲生さんに目を向ける。

すると、不意に頬が熱くなるのを感じた。

蒲生さんと同じベッドに寝た日と、実家へ送り出してくれた日。頬に唇が触れた感触と、前髪をくしゃりと掻《か》きまぜられた感触を突如思い出したのだ。

いやいや――蒲生さんは違うでしょ。彼氏とか、そういう対象じゃないし。そもそも、向こうはわたしをそんな目では見ていない。

「わ、わたしより、蒲生さんはどうなんですか。お仕事もバリバリやってて、モテるでしょ、きっと」

内心の動揺を覆《おお》い隠すように、わたしはちょっと早口に捲《まく》し立てる。

こんなに仕事ができて、稼《かせ》ぎのいいイケメンを、世の女性が放っておくはずがない。

「声はよくかけられる」

「でしょうね」

謙遜《けんそん》しないところがいっそ清々《すがすが》しい。

「ただ、ここ二年は、誰とも付き合ってはいない」

「え、そんなに長い間ですか」

「長いと感じるか、やっぱり」

「はい。一般的には」

驚いた。こんな素敵な男性が二年もフリーだなんて。

「蒲生さんは、いくつなんでしたっけ？」

「三十だ」

落ち着いた口調もあり、もう少し上かと思っていた。

「理想が高かったりします？　お眼鏡に適《かな》う女性がいない、とか」

妥協《だきょう》してまで女性と付き合いたくない、と選んでいるからそうなるのではないか、と思った。

しかし、彼は首を横に振る。

「そんなことはない。女性に対して、理想というのも持っていないし」

「じゃあ、他に理由が？」

わたしがさらに問いかけると、蒲生さんは口元に手を当てた。

「俺が相手を選んでいるというより……相手が俺を選ばない。女性は、いつも慌《あわ》ただしくしている男が嫌なんじゃないだろうか」

ほんの数秒考えたあと、そうポツリと答えた。

「忙しいから、ってことですか」

「例えば、会う約束をしていたとして、急に客先でトラブルがあり、対応しなければならなくなったとする。その場合、俺は迷わず仕事を選ぶ。けれど女性には、そういうところを理解してもらえない」

過去にそういうことが何度も繰り返されたのだろう。蒲生さんは、ほんのり苦笑を浮かべながら肩を竦《すく》めた。

「でも社長さんだし、お仕事が第一ですもんね。そういう事情を、彼女さんはわかってくれなかったんですか？」

「理解しようという気があっても、回数が多いと許せなくなるんだろう。気持ちはわかるから、責める気にもならない」

蒲生さんの瞳がほんの少しだけ、寂《さび》しそうに見えた。

「そこを許してあげるのが、彼女なんじゃないですかね」

むきになる話ではないのに、わたしは何故か妙《みょう》な苛立《いらだ》ちを感じていた。

「彼女だったら、頑張ってる彼氏を支えてあげたいって思うんじゃないでしょうか。もしわたしが蒲生さんの彼女だったら、いつも一生懸命働いてる姿を知ってるから、頑張ってきてねって背中を押してあげたいです。仕事に全力投球してる蒲生さんだから付き合いたいと思うし、好きなんだと思うので」

そもそも多忙なスケジュールの中で、自分と会う時間を作ってくれること自体が嬉しいし、その気持ちを愛おしいと思えるのに。

そこまで言って蒲生さんの顔を見ると、彼はちょっと面食らったように目を瞬《しばた》かせていた。

何をビックリしてるんだろう。わたし、何か変なことを——

「っ、ち、違うんですっ！」

たった今、自分が発した言葉を思い返してみて、みるみる頬が熱くなっていくのがわかる。

そんなつもりはなかったのに、さっきの言い方じゃ、蒲生さんに告白してるみたいに聞こえるではないか。

「い、今のはわたしが蒲生さんの彼女だったらっていう仮定の話ですよ。もしそうだったら、絶対支えたいし、仕事をしている姿が好きだって思ってますし」

自分の言葉に焦ったわたしは、ますます変なことを口走る。

「まだ俺は何も言っていないが」

わたわたと落ち着きなく釈明《しゃくめい》するわたしを見て、蒲生さんがくっくっと喉《のど》を鳴《な》らしておかしそうに笑う。

恥ずかしい。何だかわたしひとりが空回りしている。

「――で、改めて確認するが、君に俺が好きだという気持ちがあったから、そう言ったのか？」

「〜〜〜っ、だから違いますっ、仮定の話っ、仮定のっ！」

この人、絶対にわたしをからかってる！

「シッ、静かに。声が大きい」

そう言って蒲生さんは、人差し指をわたしの唇の上に乗せた。

「っ！」

突然の出来事に驚いて、思わず口を噤《つぐ》む。

目の前で涼しい顔をしている彼を他所《よそ》に、わたしの頬はさらに熱を上げる。

もう、わたしの心臓は爆発するのではないだろうか？

とりあえず、カフェオレを飲んで気持ちを落ち着かせる。

「君が彼女だったら、面白いかと思ったのに。残念だ」

「っ⁉」

まさかそんな返事をされるとは思わず、危うくカフェオレが気管に入るところだった。

「ま、またまた、そんな冗談」

平澤さんに言ってたのと同じ類《たぐい》の冗談だろうか。わたしが言うと、蒲生さんは微笑を浮かべて続ける。

「いや、冗談じゃない。平澤さんも君を見て奥さんかと訊《たず》ねてきたくらいだし、傍《はた》から見ればそんな関係に見えるんだろう、俺たちは」

え？　え？　待って、蒲生さん。何それ。

上手い返しが見つからない。次にどんな言葉を発するべきか考えあぐねていると、そのまま蒲生さんが続ける。

「君と一緒にいると面白い。君は素直だし、感情表現がストレートだ。目まぐるしい日々の中でも、君がいると元気をもらえるような気がする」

「っ……」

それって、さっきのわたしの言葉が霞《かす》むくらいの、れっきとした愛の告白なんですけどっ。

いや。でも待って。早とちりしちゃだめだ。わたしが彼女だったら面白いっていうのは、必ずしもイコール好きですってことにはならないのかも。

だけど、冗談じゃないって言われてるし……ううん？

頭がこんがらがってきた。

「——そろそろ帰るか。他の客に席を譲ろう。この店もかつては客の定着に悩んでいたが、今ではこの通り、大盛況みたいだな」

「あ……そうですね」

慌《あわ》てるわたしを尻目に、蒲生さんはあっさり話を終わらせた。小さく笑みを零《こぼ》すと、入り口のほうを示す。そこには席が空くのを待つお客さんの姿が何組か見えた。

最後にもう一度平澤さんに挨拶《あいさつ》をしてから、わたしたちは店を後にした。

帰り道のタクシーに揺られながら、わたしは店を出る直前に交わした会話がずっと気になっていた。

『君が彼女だったら、面白いかと思ったのに。残念だ』

蒲生さんはどんな気持ちであの台詞《せりふ》を口にしたんだろう。

わたしは、となりでスマホの画面を見つめる彼をちらりと盗み見た。高い鼻梁《びりょう》にシャープな輪郭《りんかく》、鋭い瞳。そういえば、横顔が美しい人というのは本当の美形だと、誰かが言っていた。

もし、わたしが蒲生さんの彼女だったら——という話は、深い意味なく出た言葉だったはず。

でも……そうじゃないのかもしれない。

このままずっと、家に着かなければいいのにと思う。今は横並びで同じ方向を向いているから耐《た》えられるけど、彼と向かい合って顔を合わせたとき、普通の応対をできる自信がない。

けれどわたしの願いも空《むな》しく、しばらくしてタクシーは蒲生さんのマンションの前で停車した。

支払いをすませたあと、先に降りた蒲生さんに続いて車の外に出ようとする。けれど、慣《な》れないヒールで足元がもたつき、すぐに立ち上がれない。

「ほら」

蒲生さんが、手を差し出してくれた。

「あ……ありがとう、ございます」

躊躇《ちゅうちょ》しながらもその手に掴《つか》まり、車を降りる。蒲生さんの手はわたしのよりも温かかった。

エントランスに向かう間も、蒲生さんはわたしの手を離さない。

まるで恋人同士がそうするように、わたしたちは次第に指と指を絡めるように位置をずらしながら、手を繋《つな》ぐ。

彼と手を繋《つな》ぐことは、ちっとも嫌じゃなく、むしろぴったりとフィットしている。

今までの誰と手を繋《つな》いだときより、しっくりきているぐらいだ。

エレベーターに乗り込み、蒲生さんが繋《つな》いだほうとは逆の手で、五階のボタンを押す。

……さっきから意識して、まだ彼の顔を見られていない。

せめて会話をしなければいけないと思う反面、何を話せばいいのかわからない。

五階に到着するころには、繋《つな》いだ手のひらは緊張と動揺とで汗をかいていた。

「ごっ、ごめんなさい」

「何が？」

申し訳なくて手を引っ込めようとするけれど、蒲生さんがそうさせてくれない。

全く気にしていないみたいだった。

「手に汗をかいてるから……、それにこんな、恋人同士みたいだし」

「……」

部屋の扉の前に着き、蒲生さんは何かに納得したように頷《うなず》いてから、ロックを解いて、先に部屋へ入って行った。

彼から返事はなかった。ただわたしの手を握《にぎ》る力が、少しだけ強くなったように思う。

蒲生さんが何を考えているのか、さっぱりわからない。

不安に思いながら扉を閉める。

すると、蒲生さんが振り返り、真面目な顔でこう問いかけてきた。

「じゃあ、付き合ってみる？　本当の恋人同士になろうか」

「え？　――んっ！」

ゆらりと彼の顔が近づいたと思ったら、蒲生さんは手を離してからわたしの頭を抱き、唇を重ねた。

触れ合う唇の柔《やわ》らかさとブラックコーヒーの香りに、頭の中で何かが弾ける。

今、わたし……蒲生さんとキスしてる。

手を繋《つな》いだときと同じように、嫌だという感情は微塵《みじん》も湧《わ》かなかった。

すると彼の舌がわたしの唇を割って、口腔《こうこう》に侵入してくる。

舌先を使って口の中を愛撫《あいぶ》されると、ゾクゾクとした心地よさが背中に走った。

さらに彼は、舌同士を擦《す》り合わせてみたり、唇でわたしの舌を捕らえて吸いついたりする。

どうしたらいいのか迷子になっていたわたしの両手が、自《おの》ずと彼の背中に回る。

――気持ちいい。もっと、彼の唇に触れたい。

せがむように彼の背中をきつく抱きしめると、それに応えるように、激しく情熱的なキスに変わっていく。

「んっ、はぁっ……」

口腔《こうこう》や唇を這《は》い回る舌先から解放され、わたしは胸を大きく上下させる。わたしも彼も、呼吸を忘れるほどキスに耽《ふけ》っていたみたいだ。

「……ベッドに行こう」

「あっ……」

わたしの手を取って引き寄せる蒲生さん。

躊躇《ちゅうちょ》するわたしに、彼は意地悪な笑顔を向けた。彼の指先がわたしの首筋をなぞり、体温が急激に高まっていくような感覚に陥《おちい》る。

「このままじゃ終われないだろう？」

「っ……」

反論はできなかった。

「来て」

「んんっ……」

彼はもう一度わたしに口づけると、足元のサンダルを優しく脱がせてから、震える手を引いて寝室へと誘《いざな》った。

黒いキャミソールワンピースの肩紐を外し、背中に入ったジッパーを外すと、彼はベッドに横たわるわたしのつま先のほうから、それを脱がしてしまう。

床に落ちるワンピースを見ながら、もしかしたらわたしは、心のどこかでこうなることを期待していたのかも、と思った。

蒲生さんと休みの日に出かけるのに、普段通りのカットソーとパンツでもよかったのだ。ましてや好まないヒールなんて履《は》かず、スニーカーで行っても。

だけどそうしなかったのは、彼と出かけることに、まるでデートに行くような特別感を覚えていたからじゃないだろうか。

インナーのTシャツを脱ぐと、わたしはあっという間にブラとショーツだけになってしまった。

いつもはスポーツブラとボクサーショーツばかりなのに、今日は手持ちの中でも一番フェミニンな、オフホワイトのセットアップにしていた。それも、私の中の願望があらわれていた証拠じゃないだろうか。

ジャケットを脱いだ彼は、改めてわたしにキスをして、覆《おお》い被《かぶ》さる。

一回。二回。三回。

唇をくっつけては離す。ちゅっ、という艶《なま》めかしい音が、繰り返し何度もする。

そうしているうちに、彼の手が次第にわたしの胸元へと伸びてきた。ブラの上から、優しく膨《ふく》らみに触れて、持ち上げたり、捏《こ》ねたりを繰り返す。

「んっ、ぁっ……」

時折指先で、胸の先の敏感な部分を刺激され、ぴりぴりとした快感がそこから身体中に広がっていく。

彼が先端の触れている部分を突いたり優しく押しつぶしたりするたびに、快感がとめどなく溢《あふ》れていく。

「気持ちいいか？」

「ち、がっ……」

快感を待ち焦がれていたかのように肯定するのが恥ずかしくて、咄嗟《とっさ》に否定する。

「いい声で啼《な》いていたのに？」

「ひゃっ……！」

それがよくなかったのか、蒲生さんはからかうように言ってから、ブラの下側から手を差し入れて、膨《ふく》らみに直に触れてくる。

ブラのカップ越しに触れられていたときよりも直接的な刺激に、わたしは身を捩《よじ》らせた。

蒲生さんの指は膨《ふく》らみの輪郭《りんかく》を辿《たど》ったあと、手のひらで包むように全体に触れて、揉《も》みしだく。

指の隙間に胸の先端が触れ、そこをきゅっと締《し》めつけて刺激されると、堪《こら》え切れずに声が出た。

「ここ、もう勃《た》ち上がってきてるぞ。気持ちよくないのに、君はこうなるのか？」

少し弄《いじ》られただけで、胸の先は芯《しん》でも入れたみたいに硬くなっていた。

恥ずかしくて口がきけないでいると、わたしのわき腹の上に、彼がもう片方の手を滑《すべ》らせる。

彼はショーツのラインを指先でなぞってから、恥丘《ちきゅう》を下から上へと撫《な》で上げた。

「んっ……」

見る見るうちに、身体の中心が火照《ほて》ってくるのがわかる。腰がきゅんと疼《うず》いて、勝手に脚が動く。

「こっちも、触ってほしい？」

蒲生さんが、わざと顔を近づけて訊《たず》ねる。

……わかってるくせに、訊《き》かないでほしい。

悔《くや》しさと恥ずかしさで答えを言わないでいると、彼は「強情だな」と囁《ささや》いてから、ショーツの割れ目の部分を、羽が触れるように優しく擦《こす》ってきた。

指先が生地の上を滑《すべ》って往復するたびに、甘やかな痺《しび》れが背中に走る。少しずつ溶け出す媚薬《びやく》のように、その感覚は徐々にわたしの思考をにぶらせていった。

「触ってるところ、熱いな」

わたしの変化を感じ取っている蒲生さんは、そう呟いて、人差し指でショーツ越しに秘部を掻《か》きまぜるような触れ方に変えた。

決して乱暴ではなく、優しい指使いなのに、そのもどかしさが逆に、この先の期待を掻《か》き立てる。

「少し、湿《しめ》ってきてるようだが？」

「やっ……」

反応していることを告げられて、わたしは羞恥《しゅうち》のあまり顔を背《そむ》けた。

「確かめてみようか」

「だ、めっ」

わたしの制止も聞かずに、蒲生さんはするりとショーツを脱がせて、取り払ってしまう。

布に覆《おお》われて隠されていた場所が露《あら》わになった。

「やっぱり濡《ぬ》れてる。ここも、気持ちよかった？」

「そんなこと……」

「気持ちよくない？」

どうしてもわたしの口から言わせたいらしい。いつものようにフラットな口調だけど、目が熱を帯びている。

顔を背《そむ》けたまま答えないでいると、彼は追撃とばかりに、自分の人差し指を蜜《みつ》が溢《あふ》れる入り口にゆっくりと押し込んだ。

「あっ……！」

わたしのそこは、抵抗なく指の先から根元まで一気に呑み込んでしまった。蒲生さんが膣内を攪《かく》拌《はん》するように指先を動かす。溢《あふ》れる蜜《みつ》がくちゅくちゅと音を立てるのが、たまらなくいやらしく聞こえる。

「一本じゃ物足りなかったか」

小さく笑ったあと、彼は一度人差し指を抜いてから、今度は中指と一緒に膣内へと押し込んだ。二倍に増えた質量が、膣内の壁を圧迫する。

「ふぁあっ……！」

息が詰まるような快感が、身体の中心を駆けていく。

あまりの衝撃に無意識に腰を浮かせた。その様子がまるで指の感触を貪《むさぼ》っているように映ったのだろう、蒲生さんが目を細めて微笑む。

「身体のほうが正直だな。もっとしてくれって言ってるぞ」

「ぁうっ！」

そう言いながら、蒲生さんは親指の腹で、身体の中でどこよりも敏感な突起を突いてくる。そこに躊躇《ちゅうちょ》なく与えられる刺激が、閃光《せんこう》のように弾けた。鼻にかかった喘《あえ》ぎが零《こぼ》れるとともに、びくん、と大きく身体が震える。

だめ、こんなの……わけがわからなくなりそうっ……

自分の身体がこんな風になるなんて信じられなかった。今まで経験した中で、もっとも激しく反応しているのが自分でもわかる。

「どんどん溢《あふ》れてくる。止まらない」

くりくりと突起を撫《な》で回しながら、入り口では二本の指が行ったり来たりする。気持ちよさのあまり視界に靄《もや》がかかったようで、わたしは目をぎゅっと瞑《つむ》った。

「だめだ」

それに気づいた蒲生さんは、片手でわたしの顔を真正面へと向かせる。

「俺を見ていろ。感じてる顔、ちゃんと見せるんだ」

「んんっ……！」

わたしを見下ろす彼の表情は示威《じい》的で、熱を帯びていた。わたしは彼から目をそらせなくなって、その瞳を見つめる。

そんなわたしに、彼が満足そうに頷《うなず》く。

「そう、いい子だ」

「はぁ、んんんっ……！」

ご褒美とばかりに、下半身に触れる手の動きを速める蒲生さん。

果ててしまいそうなところで、ぴたりとその手が止まる。

「まだ早い」

——わたしが危うく達してしまいそうなのを、彼は気づいていた。すべてを見透かされているようで、顔どころか身体中が真っ赤になる勢いで恥ずかしい。

「……指じゃないものが、ここにほしいだろう？」

ここ、と言いながら、彼が入り口の襞《ひだ》を撫《な》でる。そして、ベルトを外してチノパンのジッパーの前を寛《くつろ》げた。

「触って。君の膣内に挿入《はい》れるように」

「あっ……」

蒲生さんが耳元で妖しく指示をする。そしてわたしの手を取って、彼のその場所へと導いた。外れたジッパーの隙間から、黒いシンプルなボクサーパンツが覗《のぞ》く。その中心は、生地を押し上げるように上を向いていた。

——蒲生さん、わたしの身体に触れて反応してる。

わたしだけが変に盛り上がっているのではなく、蒲生さんも同じように欲情してくれているのだと安心できた。

恐る恐る、下着の上から彼自身に触れると、それが熱を保って硬く張りつめているのがありありと伝わってくる。

蒲生さんのが、熱い。きっと、わたしの恥ずかしい場所と同じくらい。

「これ、ほしい？　……ちゃんと教えて」

「っ……！」

彼の熱に触れながら、本能的にそれを受け入れたいと思った。

もう誤魔化せない。はぐらかそうとしても、彼の有無を言わさない、強い意志を持った鋭い瞳が、それを許さないだろう。

わたしは抗《あらが》えず、頷《うなず》いてしまった。

「ほしい、ですっ……」

「それでいい」

よくできましたということなのか、蒲生さんはわたしの頭をふわりと撫《な》でた。

そして彼は、インナーと下着を脱いだ。

一緒に生活していても、当然のことながら衣服を纏《まと》っていない蒲生さんの姿を見るのは初めてだ。

身体を動かす暇なんかなさそうな彼だけど、日焼けをしていないことを除けば、その端整な顔に似合う引き締まった健康的な身体つきをしていた。

蒲生さんは避妊具をつけたあと、両手でわたしの腰骨を支えながら、ゆっくりと膣内に侵入してくる。

「んっ――……！」

散々刺激され、十分に解《ほぐ》れていたはずなのに、なかなかスムーズに挿入《はい》っていかない。

彼の質量がそう感じさせるのだろうか。こんなに大きいのは、挿入《はい》らないかも……

蒲生さんもそれを理解してか、無理に押し入れようとはせず、あくまでゆっくりと時間をかけて馴染《なじ》ませようとしている。

「挿入《はい》った」

「あっ……」

ようやく根元まで到達したらしい。彼は自分の額《ひたい》に浮かんだ汗を指で拭《ぬぐ》ってから、わたしにキスをした。そのキスを合図に、身体を揺らし始めた蒲生さんが小さく呟く。

「ずっとこうしたいと思ってた……」

「あっ、あんっ！」

無理のないよう、慎重に挿《い》れてもらったためか、痛みはない。むしろその逆だ。

彼が膣内で動くたびに、その猛々《たけだけ》しい質量が狭い壁を押し広げて、下半身に強い衝撃が走る。その感覚は、今まで味わったことのないもので――

「あん、ああっ……！」

一突きされるごとに、お腹の中身を全部持っていかれてしまうみたいだ。

こんなの知らない。この感覚は、何？

「だめっ、こんなのっ――だめっ……！」

「だめ、じゃないだろう。こんなに感じておいて」

「やんっ、ぁあっ……！」

――こんなの、おかしくなっちゃう。

逞《たくま》しいそれが膣内を突き上げるたびに、わたしはすすり泣くような声を洩《も》らした。

「こんなに濡《ぬ》らして」

わたしと繋《つな》がってる部分を見て、彼が笑う。視線を追うと、膣内から溢《あふ》れ出たものが、彼の下半身を汚している。

挿《い》れる前は難しいかも……なんて不安に思っていたのが嘘みたいだった。彼を受け入れることでこんなにも身体が快楽に浸《ひた》ってしまうなんて。

「だ、だってっ……！」

「うん？」

「だって、蒲生さんがっ……蒲生さんが気持ちよくするからっ……んんっ……！」

自分ではコントロールできないのだから仕方がない。今までこんなに乱れることなんてなかった。

「そんなに可愛いことを言われると、止められなくなる。もっと奥、突いてほしい？」

「んっ、ぁっ……ほしいっ……！」

わたしは、欲望の赴《おもむ》くままに頷《うなず》く。

気持ちいい。だからもっとしてほしい。もっと気持ちよくなりたい。

彼がわたしの片脚の膝《ひざ》を折ってさらに突いてきた。愛液を纏《まと》った切っ先がぐりぐりと当たって、また違った快感を連れてくる。

この短時間で様々な『気持ちいい』が押し寄せてきて、経験の乏《とぼ》しいわたしの感覚ではすべてを捉《とら》え切れていないかもしれない。

ただひたすらに、蒲生さんから与えられる快感に酔わされる。ふわふわして心地よくて、ずっとそうしていたいような、わたしにとって初めての感覚だ。

「もうっ……頭、変になるっ——蒲生さん、わたしっ……！」

蒲生さんは小さく頷《うなず》くと、わたしのもう片方の脚を折り、両ひざの裏を支えるような形で膣内を貫《つらぬ》いた。

するとこれまでの体勢よりも、少しだけ彼の顔を見上げやすくなった。それに気づいた彼が、膣内を往復しながら、わたしの顔を覗《のぞ》き込む。

「可愛い、みやび」

「っ、やぁっ……！」

そのとき蒲生さんが、初めてわたしの名前を呼んだ。

掠《かす》れた甘い音色で、みやび、と。

そんな不意打ち、ずるい——

敏感な身体が、それすらも快感に変換してしまう。

「変になればいい……俺も、もうっ……」

切羽詰《せっぱ》まったような、掠《かす》れた声で言う蒲生さん。彼ももう余裕はないのだろう。

蒲生さんはほんの少し苦しげで、けれどその隙間に恍惚《こうこつ》とした表情が垣間《かいま》見える。

激しく彼の腰が動く。

「あっ……！　やぁっ！」

抉《えぐ》るような動きとともに最奥を突いたあと、彼の動きが止まった。それから、彼がわたしの腰を掴《つか》んで、繋《つな》がった場所を強く押しつけてくる。

わたしと彼が触れ合っている部分に、じんわりと温かな感触が広がった——ような気がした。

「もっと、君に触れていたい……」

——蒲生さん、わたしの中で、気持ちよくなってくれたんだ。嬉しい。

避妊具越しに伝わる彼の熱を感じるのと同時に、わたしの意識も白くはじけた。

◆
◇
◆

聞き覚えのないアラーム音がして、目が覚めた。

わたしはいつもスマホに内蔵されている短いジングルで起きているのだけど、今鳴《な》っているのは電子音が単音で小刻みに続いているものだ。

音の発信源はどこから——と、まだろくに開いていない目で周囲を見回す。

「っ！」

するといきなり目の前に、蒲生さんの寝顔が飛び込んできた。

どうやら、アラーム音は彼の片手に握《にぎ》りしめられたスマホから鳴《な》っているようだ。

あれ、わたし、どうして蒲生さんと一緒に寝て……？

焦りとともに、昨日、カフェから帰ってきたあとに起きた出来事を思い出した。

そうだ……蒲生さんと、しちゃったんだ。それも、二回も。

帰宅してすぐに一回。そして、夕食を取ってから寝るまでの間に……一回。

昨日一日の記憶が、疾風《しっぷう》のように頭の中を駆け抜けていく。

無機質なアラームは鳴《な》りやむ気配がないけれど、シンプルなブルーのパジャマ姿の蒲生さんはすやすやと心地よさそうな寝息を立てている。

ぼーっと彼の端整な寝顔を見つめていると、ふと今日、彼が出張に行くことを思い出した。

そうだ、いけない。地方出張って言ってたっけ。

「蒲生さん、起きて。蒲生さん」

「う……ん」

背中を揺さぶると、彼は唸《うな》るような声を発して、目を覚ます。

「お、おはようございます」

「……おはよう」

声をかけると、蒲生さんは大きく伸びをしてから、アラームを止めた。

「六時か……もう起きないとな」

まだ眠っていたいのだろう、気だるげな声で彼が言う。

「朝食とコーヒー、支度しますね」

「あ、いや、いい」

そして、蒲生さんは何故かキッチンに向かおうとするわたしを呼び止めた。

どうしたのだろう。朝食を食べないことはあっても、コーヒーだけはかならず口にしていくのに。

不思議に思っている横で、彼はベッドから抜け出すと、今日着ていくスーツとワイシャツなどを選んだ。

「着替えてくる」

そう言って、部屋を出た。ヘアセットも兼《か》ね、おそらくバスルームへ向かったのだろう。

色っぽい出来事があった次の日にしては、ずいぶんとあっさりしているな、と思う。

いや、別におはようのキスとか、ハグとか、そういうのを望んでいるわけではないけれど……昨日特別なことがあった、というような気配が、どこにも見えないのは寂《さび》しい。

ましてや、蒲生さんはわたしに『付き合ってみる？』と訊《たず》ねたのだ。それはもちろん、交際するという意味だと受け取っている。それなのに。

……もしかして、照れ隠し？　もしくは気まずいと感じている？

あれこれと仮説を立てているうちに、いつものバシッとしたスーツ姿に着替えて、髪をヘアワックスで整えた蒲生さんが戻ってくる。

「新幹線の時間がギリギリだから、もう出る」

「あっ、はい」

バッグを手に取り、玄関に向かう蒲生さんを、小走りに追いかけた。

「今日、何かすませておく用事はありますか？」

「今のところは特にないが、そういうものができたら連絡を入れる」

「わかりました」

蒲生さんが仕事用の革靴を履《は》いた。

「――疲れてるだろう。昨日は本当に可愛かった」

「っ！」

彼が何のことを言っているのかわかり、一瞬言葉に詰まる。

「だ、大丈夫ですっ！」

どうにかそれだけ返事をすると、蒲生さんは「そうか」と、いつもの淡々とした様子で頷《うなず》いた。

「行ってくる」

「はい――あっ」

突然、彼がわたしの腕を引いた。そして、わたしの左頬にキスをする。

わずか一瞬の出来事に呆然《ぼうぜん》としていると、不敵な笑みを浮かべ、彼は部屋を出ていった。

玄関の扉が閉まったあと、何とも言えない脱力感が襲《おそ》ってくる。

やっぱり、蒲生さんは独特だ。

その場に立ち尽くし、わたしは左側の頬を押さえた。

……熱い。彼の唇が触れただけで、熱くて、切ない。

今のわたしたちの関係って、いったいどういうものなのだろう。これって本当に、付き合っていることになっているのだろうか。

相手なしでは出ない答えを、わたしはしばらくの間、必死で考え続けていた。

7

「わ、素敵！」

九月中旬。暑さの落ち着いてきたこの時季に、『洋菓子の若林』――改め、『As de coeur』の外装と内装が完成したというので、蒲生さんとふたりで様子を見に来ていた。

タクシーから降りるや否《いな》や、見慣《な》れた自宅が変身していて、感嘆の声が洩《も》れる。

「そうだろう。時間がなかったから、今のこの店の状態を活かせるような形で、店の名前に近づけてみた」

わたしの反応を見て、蒲生さんは満足そうに小さく笑う。

この店の状態を活かせるような形――つまり、古さをプラスに持っていこう、ということだ。

蒲生さん曰《いわ》く、『As de coeur』のコンセプトは、フランス風のシャビーシックなパティスリー。

シャビーシックとは、例えば味のあるアンティーク家具に可愛らしい花柄を合わせるような、クラシカルでありつつガーリーでもあるテイストのことだ。

店舗の名前がフランス語だからイメージはそっちに寄せて、クロスや床、インテリアなどは、古さを可愛さ、カッコよさに変換できるものを配置したのだという。

蛭田さんには三ヶ月で結果を出すと約束しているから、工事にかけられる時間はそんなに長くない。

褪《あ》せた白色の壁はそのままに、入り口の扉の上には天然石を焼きつけた黒系統の屋根を取りつけ、もともとあった白い扉は赤く塗り直した。その横に、アンティーク風のランプをつける。これだけでぐっと雰囲気が変わった。

仕上げに、白壁の一部に店名を模《かたど》った立体的な看板をさり気なく配置して、外観は完了だ。

「大人っぽくていいですね。あまり激しい主張がない分、中に入ってみたくなります」

以前に掲げていた『洋菓子の若林』の看板を思い出して苦い気持ちになる。古びているのにデカデカとした看板は、やはり今風ではなかったか。

続いて内装だが、クロスは褪《あ》せた白を変えずにそのままで、床はレンガに変更した。窓枠や梁《はり》などはすべて黒に塗り替えて、外観とリンクさせている。

「まだ備品を入れていないが、明日中には届く予定だ。照明やカウンターはアンティークっぽいものを選んでみた。ディスプレイする小物もそれに合わせたから、君のセンスで好きなように配置してくれ」

「え、わたしがですか？」

「コンサルタントが最後まで面倒を見る場合もあるが、俺は仕上げを店主に任せたい。そのほうがより売上げに繋《つな》がっている気がしている」

クライアント自身が試行錯誤《しこうさくご》することが、いい結果に繋《つな》がるということなのだろうか。

「センスは自信ないですけど、やってみます！」

「その意気だ」

蒲生さんは頷《うなず》いたあと、表情を少し引き締《し》める。

「――で、君がやるべきことはまだある。店をリニューアルさせたあとは集客だ。今やSNSでの宣伝は基本中の基本。ありとあらゆるSNSを駆使《くし》して、情報を発信しろ」

「は、はいっ」

わたしは慌《あわ》ててスマホを取り出すと、メモ帳の機能を使って蒲生さんの口から出たキーワードを打ち込んでいく。

「最初のうちは反応も悪いし、上手くいかないと感じることも多いかもしれないが、肝心なのは継続的に、期間を開けず情報を発信し続けることだ。そうすれば必ず効果は出る。俺も知り合いの伝《つ》手《て》を使って、この店の宣伝を流すようにする」

「ありがとうございます、頑張ります！」

魅力的なお店と感じてもらえるかどうかは、わたし次第なんだ。

お父さんの作るお菓子は美味《おい》しい。お店に来てくれれば、うちの店の価値をきっと感じてくれるはず。それなら、わたしが精いっぱい頑張らなきゃ。

「それから、俺なりに商品のラインナップを考えてみた。今からメールで君に送るから、これをご両親に見せて、変更の要望があったら俺に伝えてくれ。このあと、家に寄るだろう？」

「あ……そうですね。そうします。蒲生さんは、お仕事なんですよね？」

「ああ。挨拶《あいさつ》をして行きたいところだが、スケジュールが詰まってるんだ。悪いが、よろしく伝えておいてくれ」

「わかりました」

さっきから、蒲生さんは腕時計を気にするそぶりを見せていた。今日はとりわけ忙しいのだろう。待たせていたタクシーに再び乗り込む彼を見送ってから、わたしは二階にいる両親のもとに向かった。

◆◇◆

「わたしたちもお店、見たわよ〜。すっごく素敵に作ってもらっちゃったわね」

「今っぽいっていうのか。若い子たちはああいう雰囲気が好きなんだってな。いやあ、明日新しい備品が入ってくるのが待ち遠しいよ」

自宅のリビングでは、父も母も上機嫌だった。

お店のことが一番の気がかりだっただろうし、それがいい方向に向かっているのを自分たちの目で確かめることができたのが嬉しくてたまらないに違いない。

「蒲生さんに頼んでよかったわ、ねえ、お父さん」

わたしの問いかけにお母さんは嬉しそうに答え、続いて話を振られた父が頷《うなず》く。

「あの日、蒲生さんがうちの店に来てくれなかったら、今ごろオレたちは本当にどうにかなっていたかもしれないいな」

わたしは母に淹《い》れてもらった紅茶を啜《すす》りながら、その通りだな、と思う。

まだ結果は出てないけど、わたしたちの『As de coeur』――ハートのエースは、わたしたちを、わたしたちが望む未来へと連れて行ってくれるはずだ。

「……だけど蒲生さん、どうしてうちの店の前を歩いたりしてたのかしらね」

ふと気になった様子で、母が呟いた。

「蒲生さんが立て直ししてる飲食店って、大きいところだったり、大きな駅の周りが多いんでしょ。それなのに、不思議ね」

言われてみればそうかもしれない。うちは駅から五分程度の好アクセスだけど、そもそもがベッドタウンのイメージが強い街で、買い物や食事を目的として外からやって来る人はほとんどいない。

「色んなお店を調べてるんだろう。ああいう人たちは、情報がすべてだろうから」

「そういうものかしら」

父が出した答えに、母はあまり納得していないようだった。わたしも、何か引っかかる。

「――そういえばみやび、ちゃんと蒲生さんのサポートはしているのか？」

なんとなくもやもやしていると、父が話題を変えた。

「してるよ。忙しい人だから、結構ハードに働いてる」

「そうか。優秀な人は引っ張りだこで大変だな」

「蒲生さん、素敵よね。お母さん、ああいう人にみやびちゃんの旦那さんになってもらいたいわ」

暢気《のんき》な口調で何気なく母が言った言葉に、ドキッとした。

「父さんも、蒲生さんだったら安心してみやびを嫁に出せるな。そういう予定はないのか？」

「ちょっと、お父さんまで。やめてよ」

ないわけじゃない……のかもしれない。けれど、確信のない今、それを悟《さと》られるわけにはいかない。

わたしは敢《あ》えて吐き捨てるような口調で言った。

「わたしは仕事で行ってるんだから、そんな風に考えたことないよ。だいたい、蒲生さんがわたしみたいに平凡な女を選ぶわけないじゃない。ああいうタイプはモテるんだから」

すると、父と母は揃《そろ》っておかしそうな笑い声を上げた。

「まあ、そうだよな。蒲生さんくらいの人なら、よりどりみどりだろうから」

「そうね、ああいう人は相応の相手を見つけるのよね」

……自分で言い出したこととはいえ、ふたりともフォローしてくれないなんて。

わかっているけれど、ちょっと落ち込む。

蒲生さんと関係を持った日から今まで、彼の態度は何も変わっていない。

家にふたりでいても、「好きだよ」とか「愛してる」という甘い言葉はかけられる。けれど、その台詞《せりふ》にどうしても、体温を感じられないのだ。なんというか、口調が淡々としていて、本心から言っているのかいまいち信じられない。どうしても、不安になってしまう。

そんな状況ではあるけれど……身体のコミュニケーションは続いている。

彼が早く帰ってきた日の夜とか、休みの日の遅く起きた朝とか。彼は、まるで恋人同士のように、自然にわたしの身体を求めてくる。

そんなとき、わたしたちの関係って何だろう？　これって都合のいい女じゃ？　と我に返ったりもするけれど、結局それを口にすることができない。何故なら、わたし自身が彼とそうしたいと望んでいるからだ。

……好きなのだ、蒲生さんのことが。好きだから、触れ合いたいと思うし、傍《そば》にいたい。

付き合うっていうのは本心なのか。本当に、わたしを恋人だと思っているのか。

問いただしたい気持ちはあるけれど、変に踏み込んでしまったら、今あるものが壊れてしまいそうで——だから、訊《き》けない。

「ね、みやびちゃん、よかったらお昼ごはん一緒に食べましょうよ。まだ時間あるんでしょう？」

暗くなりかけた気持ちを、お母さんの明るい声が一掃《いっそう》した。

「うん、食べる。……あ、そうだ。蒲生さんから店の商品のラインナップの案、ふたりに見せてって言われていたんだった。ごはん食べながら、その相談をしよっか」

久々の家族の団欒《だんらん》に、言いつけられていたことをつい忘れてしまうところだった。

わたしは昼食を取り、ついでに三時のおやつまで食べてから、蒲生さんのマンションに戻った。

◆
◇
◆

「ただいま」

――午後十一時。帰宅した蒲生さんを、わたしは玄関まで迎えに行った。

「おかえりなさい」

わたしは、柄にもなくパステルカラーのセットアップの部屋着に身を包んでいる。手触りのいい柔《やわ》らかい生地のトップスは七分袖で、ボトムスはショートパンツだ。

普段、Tシャツとスウェットという全く飾《かざ》り気のない姿で家の中にいるから、さすがに蒲生さんもこの変化には気がつくはず。

少しでも、ひとりの女性として『ハウスキーパーじゃないわたし』に目を向けてほしかった。

ところが――

「シャワー浴びてくる」

彼はわたしの姿を少しの間じっと見つめてはいたものの、服装については一言も触れず、寝室に向かってしまった。

……ちぇっ。気づいてないはずないのに。『いつもと雰囲気違うね』とか、言ってくれないんだろうか。

そりゃ、女の子同士みたいに『その服すごく可愛い』とか『どこで買ったの？』なんて会話が弾むとは思っていないけど。想像より興味を持たれなかったことに、地味に凹《へこ》んだ。

この時間に帰ってくるときの蒲生さんは、もう外で食事をすませている。お風呂上がりの彼に用意するべきものは、冷蔵庫の中のミネラルウォーターだ。

彼に報告しなければいけないことがあるので、スマホを弄《いじ》りながら彼のシャワーが終わるのを待つ。十分程度で、バスルームからパジャマに着替えた蒲生さんがリビングへ戻ってきた。

「どうぞ」

廊下に出る足音が聞こえたときに素早く冷蔵庫から取り出したミネラルウォーターのボトルを、彼に差し出す。彼はそれを受け取ると、ソファに座ってキャップを捻《ひね》った。

「ラインナップ、ご両親と相談したか？」

「はい」

わたしも冷蔵庫から自分の分のミネラルウォーターを取り出して、蒲生さんのとなりに座る。

お店の商品について両親と話し合った結果を、いち早く伝えたかった。

「蒲生さんの提案通り、ひとまず生菓子は止めることにしました。日持ちがして一気に作れる焼き菓子をメインにします」

蒲生さんはここ一年間の店の売り上げと、商品にかかるコストを表に纏《まと》め、どうすれば一番利益率が上がるのかを追求したようだ。その結果行きついたのは、生菓子の製作を一切止めること。

わたし個人としては、父の作るシュークリームやプリンなんかもすごく好きだ。けれど、今はお店を回していくことを主軸に考えていかなければ。そのためには、やはりパウンドケーキをメインに据《す》え、次点としてクッキーやマドレーヌなどの焼き菓子で攻めるのが得策なのだと、両親とも話して決めたのだ。

「そうか。じゃあ、近々商品の方向性の話もしないと」

冷たい水を呷《あお》ってから、蒲生さんが言う。

焼き菓子に関しても、従来の商品をそのまま提供するのではなく、新しくお店の雰囲気に合致したものを開発する、ということになっている。

「試作品が完成するのが楽しみです。わたしは、専《もっぱ》ら父の作ったお菓子に意見を言うことしかできませんが」

「自分で作ろうとは思わないのか?」

「あんまり。父が作ることに喜びを見出すタイプなら、わたしは食べることにそう感じるんです。きっと」

「いい役回りだな」

彼はおかしそうに笑った。

「——でも、同感だ」

「でしょう」

どちらからともなく顔を見合わせると、今度はふたりで笑い合う。

……こういう時間を過ごしているときのわたしは、彼にとってどんな存在なのだろう。

図々しいのを承知で、特別でありたいと思ってしまう。

彼の周りにいるすべての女性の中で、おそらく一番近くにいるのはわたしだ。仮に今、彼に興味を抱いている女性がいたとしても、こんな風に、家の中でパジャマを纏《まと》い、お風呂上がりに寛《くつろ》いでいる彼の姿を眺《なが》めることはできないだろう。

もっとわたしのほうを見てくれたらいいのに――

「どうした？」

蒲生さんに訊《たず》ねられてハッとした。どうやら無意識に彼を凝視《ぎょうし》していたらしい。

「べ、別に」

思考を悟《さと》られるのが嫌で、わたしは手にしていたペットボトルのキャップを開けると、誤魔化すようにしてごくごくと飲んだ。

彼は、わたしの答えにそれ以上問いを重ねることはなかった。まぁ、いいんだけど。

……いや、よくない。

わたしはペットボトルをローテーブルの上に置くと、蒲生さんへ向き直る。

「蒲生さんは、全然わたしに興味なさそうですよね」

自意識過剰かも、と思ったけど、言わずにはいられなかった。

わたしばかりが彼を気にかけている現状が、悔《くや》しかったのだ。

「蒲生さんって、いつもポーカーフェイスで、余裕があって。それがあなたのいいところだとは思うんですけど……わたしといて、ドキドキしたりしないんですか？」

わたしばっかりが、ふたりきりでドキドキしてる。

今、この瞬間、自分がすごく面倒くさいことを言っている自覚はある。でも、止められない。

すると、蒲生さんは手にしていたミネラルウォーターをローテーブルに置いて、そっとわたしの顎《あご》に指先を添《そ》えた。それから、自分のほうに引き寄せてキスをする。

柔《やわ》らかいけどちょっと冷たいのは、冷えた水のせいだろう。

「ドキドキしてるから、こういうことをしている」

こんな至近距離で、整った綺麗な顔に見つめられ、一瞬思考が停止した。

「だ、だってっ、そんな風に見えないっ……」

「どうして？」

「わたしの服がいつもと違うのにも、気づかないし」

わたしは真っ直ぐ見つめてくる大きな瞳を避《さ》けるように、ふいっとそっぽを向いた。

「気づいてる。帰って来たときから」

「あっ――」

いつの間にか、蒲生さんの顔が真上にあった。

背中が沈む感触に、ソファの上に押し倒されているのだと気がつく。

「誘っていたのか？　その格好」

「んっ……」

蒲生さんの手が、するりと脚を撫《な》でた。剥《む》き出しの太腿《ふともも》に刺激が走る。

「可愛い。よく似合っている」

「っ……！」

単純だけど、褒《ほ》められたことが嬉しかった。自分で問いかけたのに、顔が発熱したみたいに熱い。

「どうする？　今夜はもう遅いが」

わたしに選択を委《ゆだ》ねながらも、蒲生さんはわたしの耳朶《みみたぶ》に口づけて、歯を立てる。

「ひゃんっ！」

だめ――それをされると、声が我慢できなくなるっ……！

追い打ちをかけるように、蒲生さんは耳朶《みみたぶ》に吸いつき、舌を這《は》わせる。わざと艶《なま》めかしい水音を聞かせるようにまた吸い立てると、極上の甘い囁《ささや》きを落とした。

「俺に抱かれたいか？」

「あ、ぅっ……」

数分先の快感を想像して、下肢《かし》が疼《うず》く。

拒否なんてできない。蒲生さんに抱かれたい。

抱いてほしい――

「は、いっ……」

わたしは一度頷《うなず》くと、続きをせがむように自分から口づけた。

蒲生さんと触れ合うようになってからは、わたしの知らなかった気持ちいい場所を、彼に的確に探り当てられているような気がする。

「あんっ、やぁっ……」

例えば、内股。舌先でゆっくりと身体の中心に向かって舐め上げられると、ゾクゾクとした心地よさが立ち上《のぼ》る。

「やだ、そこばっかりっ……」

「せっかく可愛い服を着ているのに、すぐ脱いでしまうのはもったいないだろう」

もっともらしく言いながら、彼は両膝《ひざ》を床について、ソファに横たわるわたしを丹念《たんねん》に愛撫《あいぶ》する。

気持ちいい。気持ちいいけど、身体が昂《たかぶ》ってくると、もっと直接的な刺激がほしいと思ってしまう。

その要求を、蒲生さんはわたしに言わせたいのだ。

「そこだけじゃ、やだっ……」

恥ずかしい。はしたないけれど、意を決して続ける。

「これ、脱がしてっ……この下も、気持ちよくして……」

蒲生さんの顔を見ずに、俯《うつむ》いて言うのが精いっぱいだ。けれど、わたしの言葉に彼はふっと小さく笑った。

「今日は積極的だな」

「だってっ……」

そうさせてるのは蒲生さんだ。

「じゃあ、自分で脱いで」

「えっ？」

「自分で脱いで、気持ちよくしてほしいところを見せて」

さっきの言葉を発するのにもすごく勇気が要ったのに。さらに自分で脱いで、その場所を見せろだなんて――

「そんなの、恥ずかしいですっ。無理っ」

彼にその場所を晒《さら》すのは初めてじゃないが、だからといって、羞恥心《しゅうちしん》が消えるわけではないのだ。

「ならこのまま、我慢できるか？」

「っ……」

まさかこの中途半端に昂《たかぶ》ったままで終わらせてしまうということか。そんなの、もっと無理だ。

膨《ふく》れ上がる欲望を満たしてもらうには、覚悟を決めるしかない。

わたしは、極力彼の顔を見ないようにしながら、上体を起こして、ソファの上に両膝《ひざ》を立てた。

それからショートパンツに手をかけて、普段、着替えるときよりも幾分時間をかけて両脚から抜いていく。

ショートパンツの下はもちろんショーツだ。黒い無地のそれは、わたしの好みが反映されただけ。

これも自分で脱がなければいけないのか。

助けを求めるようにちらりと蒲生さんの顔を見た。だが、彼は微笑を浮かべて様子を見守っているだけ。

……やっぱりそうか。

逃げ出したい気持ちになるけれど、それを押し殺してショーツの縁に手をかけ、ショーツを取り払った。

クロッチの部分が少し湿《しめ》っている。それに気づかれないように、先に脱いだショートパンツと纏《まと》めてローテーブルの下に置いた。

「ぬ、ぎましたっ」

「膝《ひざ》を開いて。俺によく見えるように」

「っ！　そんなの……恥ずかしくて死んじゃう」

「いいから。気持ちよくなりたいんだろう？」

「……」

わたしは、おずおずと両膝《ひざ》を開き、正面の蒲生さんに、恥ずかしい場所を余すことなく見せつけるような体勢になった。耐《た》えがたい羞恥《しゅうち》に身体が震える。

「濡《ぬ》れて光ってる」

その場所を見つめて、蒲生さんが指摘する。と、彼はわたしの両膝《ひざ》を押さえて、剥《む》き出しになった秘裂に顔を埋めた。

「ぁあっ！」

蒲生さんの舌がぐにゅぐにゅと入り口を突く。

「そんな、だめですっ……き、汚いからっ……！」

「ボディソープのいい香りがする。……いや、もっと甘い、濃い匂いもするが」

舌で舐め上げるだけでは飽き足らず、唇を使って溢《あふ》れる蜜《みつ》を啜《すす》られる。

「やっ、それぇ……っ‼」

隠れていた感じやすい突起を舌先で掬《すく》われ、ビリビリと電気が走るような快感が下肢《かし》を襲《おそ》う。強すぎる快感から逃れようとするけれど、両脚の間に蒲生さんの頭があり、身動きがとれない。

「突かないでっ……それ、だめ、だめだからっ……！」

指よりも柔《やわ》らかく、凹凸のある舌での愛撫《あいぶ》は頭の芯《しん》が蕩《とろ》けるようだ。何とか理性を保つために、彼の動きを止めようと前に伸ばした片手が、空《むな》しく宙を掻《か》く。

「だめ？　気持ちいい、の間違いだろう」

「あっ、ああっ！」

わたしに全く余裕がないのをわかっていながら、蒲生さんはなおも愛撫《あいぶ》の手を緩《ゆる》めない。

こんな、もうっ……わたし、本当に変になるっ……！

「ま、待ってっ……蒲生さん」

わたしは縋《すが》るような目を向けて哀願した。

「が、蒲生さんがほしいっ……もう、ほしいのっ……」

このまま果てるより、もっと彼の温もりを肌で感じたかった。

呼吸を乱して訴えかけると、蒲生さんがようやく愛撫《あいぶ》を止め、顔を上げる。

「俺のを……ここに挿《い》れてほしいんだな？」

彼がとろとろになった秘裂へと視線を向けた。その言葉に反応するみたいに、ひくん、ひくんと入り口が戦慄《わなな》く。

「もう、わたし、我慢できないっ……！」

蒲生さんの鋭い瞳に、欲情が点《とも》る。

「いいだろう。……俺の上に跨《また》がるんだ」

寝室ではない場所での行為は、普段とは違う刺激がある。

「ぁあっ——蒲生さんっ……！」

いつも食事をしたり寛《くつろ》いだりしているリビングで、わたしたちは生まれたままの姿で繋《つな》がっていた。

ソファに座った蒲生さんの上に、わたしは背を向けそのまま重なるような形で腰を落としている。

身体の横に置いた手で自重《じじゅう》を支えながら、彼に突き上げられているわたしには、いつもの風景がどこか違って見えた。

膣内に埋められた質量はやっぱり圧迫感が強く、でもそれがより強い快楽を運んでくる。

「ここを弄《いじ》られるの、好きだろう？」

下肢《かし》の敏感な突起を指先で転がしながら、彼が訊《たず》ねた。今は耳元にかかる吐息さえも、快感に変わる。

顔の見えない体勢だから、想像することしかできないけれど、彼はきっと、わたしが翻弄《ほんろう》されている姿を、とても愉《たの》しんでいるに違いない。

「何も考えられなくなる。そうだったな？」

「あんっ……ぁっ、はいっ……」

「ここ、今どうなってる？」

「っ……が、もうさんのがっ……出たり、入ったりして……気持ちいいところ、ぐりぐり捏《こ》ねられてるっ……」

がくがくと身体を揺らされながら、わたしは思考力の衰《おとろ》えた頭でどうにか返事をする。

「気持ちいいか？」

「気持ちいい……すっごく、ぁあっ……！」

「俺も気持ちいい。……膣内が締《し》めつけてくるから」

避妊具を隔《へだ》てても感じる蒲生さんの熱が、わたしの身体をコントロールしているようだった。

自分の身体なのに、自由が利かない。蒲生さんに深い場所を貫《つらぬ》かれ、喘《あえ》がされっぱなしだ。体重がかかる分、蒲生さんの切っ先がより奥まで届く気がする。

目が眩《くら》むような快感。だけど――

「か、お……」

途切れ途切れに、わたしは言う。

「蒲生、さんっ……顔、見たいのっ……」

その強い快感の中に、彼に抱かれている、という感覚が足りなかった。

こんなに近くで触れ合っているけれど、やはり最後は正面から力強く抱きしめられて上りつめたい。

「……わかった、おいで」

彼はわたしの膣内から自身を引き抜くと、わたしに逆を向かせた。そのままソファの上に膝《ひざ》をつき、もう一度腰を落として、今度は蒲生さんと抱き合う形で一つになる。

「蒲生さんっ――ぁっ……」

律動を再開する彼の首元に両手を回して、しがみつくようにしながら、唇に触れるだけのキスを何度もする。

「みやび……可愛い」

蒲生さんはずるい。名前を呼んでくれるのは、セックスをしているときだけだ。

照れ隠し？　それとも、ただ行為を盛り上げるため？

訊《き》きたいけど、やっぱり訊《き》けない。彼に疎《うと》ましく思われたくない気持ちが、どうしても勝ってしまう。

「好きだ……もっと君がほしい」

膣内を擦《こす》る彼のものが、より一層膨張《ぼうちょう》し硬く張りつめてくる。おそらく限界が近いのだろう。

「蒲生さんっ……わたしっ……」

「みやび、このままっ！」

彼の瞳が、絶頂がすぐそこに迫《せま》っていることを告げる。わたしも同じであることを小さく頷《うなず》いて伝えると、彼は抽送《ちゅうそう》を速めた。

「ぁっ……あああっ……！」

わたしの頭の奥で、バチンと何かが弾ける音がした――直後、熱い吐息が洩《も》れる。

膣内で、彼自身が大きく震えている。

肩を上下させ、激しく呼吸を繰り返す蒲生さんの姿に、彼も達したことを悟《さと》った。

「……身体、辛くないか？」

呼吸を整えたあと、蒲生さんが訊《たず》ねてくる。

「大丈夫……です」

そう答えると、彼はわたしを抱きしめたままキスをした。

労《いた》わるような温かいキス。これは、恋人にするキスなのだろうか？

「愛してる……」

彼から告げられた愛の言葉。でも、そこに情熱的な感情は感じられない。

わたしも――

蒲生さんの言葉に、心の中で返事をするように呟く。

彼への思いが募《つの》るほど、満たされた身体の一方で、心には不安が募《つの》っていくのだった。

8

秋が深まり、薄手のコートが必要になってきた十月の中旬。蛭田さんと約束した今月末の期限まで、残すところ二週間ほどだ。

わたしは蒲生さんの指示通り、ＳＮＳの発信に奔走《ほんそう》している。

まだお店がリニューアルオープンしていないのに、宣伝の意味があるんだろうかと疑問に思ったけど、彼曰《いわ》く、お店が徐々にできていく過程を伝えるのも、宣伝の手法の一つらしい。

『今日はカウンターが届きました！』とか、『新商品はこんな感じに仕上がる予定です！』とか。写真を交えつつ、わたしや父、母からのメッセージを添《そ》えて投稿《とうこう》すると、お店のアカウントをフォローしてくれたり『楽しみですね』なんて嬉しいコメントももらえたりした。

その後、備品や商品がすべて揃《そろ》ったところでリニューアルオープンを迎えると、初日から想像以上のお客さんが訪れてくれた。

「見て見て！　このケーキ可愛い！」

「ハートのエースだって。私、これ買っていこうっと」

パウンドケーキの評判は上々で、どんどん売り上げを伸ばしている。

蒲生さんのプロデュースは間違っていなかったのだと強く思う。

「いらっしゃいませ」

午前十一時。店の扉に取りつけたベルが鳴《な》り、わたしはカウンター越しにいつものように声を掛け……笑顔がかたまった。

「ふうん……」

やってきたのは、あの蛭田さんだった。今日も趣味の悪いスーツ姿で、生まれ変わった店内をジロジロと見回している。

そのとき、彼に続いてふたり組の女性客が店内に入ってきた。

二十代前半くらいの流行《はや》りのファッションに身を包んだふたりは、スマホを片手に明るい声を響かせる。

「可愛いお店だね、ココ」

「ね。あっ、これ知ってる。SNSで話題のパウンドケーキでしょー。あたしこれ食べてみたかったの～」

「カットするとハート型のゼリーが出てくるんだっけ」

「『As de coeur』だって。手土産《てみやげ》にちょうどいいよね」

入ってすぐ中央に、パウンドケーキ専用の棚を作った。蒲生さんから、一番売りたいものは一番目立たせろとの命があったので、やはり入ってすぐがどこよりも目につくだろう、と、上下に物は置かず、コレが主役だと主張するように置いてみた。

そして、そのメインであるパウンドケーキに、お店の名前である『As de coeur』という商品名をつけた。そうすることで、よりお客さんへのアピールになるらしい。

「素敵なお店。雰囲気がすっごくいいですね～」

「ありがとうございます」

ひとりの女性がにっこりと微笑みを浮かべて褒《ほ》めてくれるので、わたしは丁寧にお礼を言った。

そう言ってもらえると、店内の小物の配置を考えた甲斐《かい》があるというものだ。

『ハートのエース』ならば、不思議の国のアリスの世界観が合うのではないかと思い、そのイメージで棚や商品のポイントに添えてみたり、商品プレートにトランプの模様を忍ばせたりした。

彼女たちはひとしきり写真を撮ったあと、それぞれ『As de coeur』を買って、帰っていった。

「ふんっ。工事まで入れて、無駄な金をかけたりして。見てくれだけ新しくしたって、効果はないんじゃないか？」

ドアベルが鳴《な》り終わると、それまで黙って様子を窺《うかが》っていた蛭田さんが憎まれ口を叩く。

「こんなのまぐれだ。一時的なものだ。今は持て囃《はや》されても、そのうち飽きて忘れられるに決まってる。今回の工事は全くの無駄だな、そう、無駄だ」

認めないと言わんばかりに眉間に皺《しわ》を寄せ、ぶつくさと文句を並べ立てる。

工事を入れる際には大家に許可を取らなければならず、そのときには『せいぜい足掻《あが》いてみろ』と高笑いしていたのに。いい結果になったらケチをつけるとは、本当にろくでもないヤツだ。

「無駄ではないです。集客は十倍、いやそれ以上に膨《ふく》れ上がってますし、この勢いであれば工事費を差し引いても十分すぎるほどの利益が出ます。滞納《たいのう》している家賃についても、迅速《じんそく》にお支払いできるかと」

「ぐっ……！」

すると、蛭田さんは悔《くや》しさと苛立《いらだ》ちが入りまじったような苦い顔をした。

――勝った。

思わず、蛭田さんとの賭《か》けに勝利したとわたしの表情が綻《ほころ》んだ。しかしそれに腹が立ったのだろう。蛭田さんは、ぎょろっとした目を飛び出すんじゃないかというくらいに見開いて叫んだ。

「気が変わった！　約束はナシ、ナシだ！」

「はっ？」

蛭田さんは口元を怒りで震わせ、唾《つば》を飛ばしながら続ける。

「今すぐ滞納《たいのう》してる家賃全部を支払わなければ、大家の権限でお前たち一家を追い出す！　いいな、今すぐ耳揃《そろ》えて金を用意しろ！」

「そんな……」

約束が違う。わたしが反論しようとすると、それを遮《さえぎ》るようにまた蛭田さんが口を開いた。

「いいか！　すぐにだぞ。もともとの滞納分と、そのあとの、今月までのだ。――ああ、最後の慈悲で三日だけは待ってやる。三日で全額、耳揃《そろ》えて持って来い！　わかったな！」

「あっ――ちょっ……!!」

浮き出た血管が破裂するんじゃないかというくらいに怒り狂った蛭田さんは、それだけ言うとドスドスと地を揺らさんばかりの勢いで店を出て行ってしまった。

「ど、どうしよう……」

緊急事態だ。まさかこんな状況は想定していなかった。取り残されたわたしは、一転血の気が引く思いで頭を抱える。

わたしたち家族の手元に、動かせるお金は多くない。約束は当初の三ヶ月分だったはず。それだけは、今月末の期限までに準備する予定で進めていた。

やっとここまできたのに。蒲生さんと、両親と、みんなで力を合わせて頑張って、やっとお客さんを集めることができたのに。なのに、追い出されてしまうなんて。

「そんなの、嫌だっ……！」

わたしは堪らずにかぶりを振った。

滞納《たいのう》分の家賃を収める方法を、今こそ考えなきゃ。猶予《ゆうよ》はあと三日しかない。

もともと滞納《たいのう》していた家賃が三ヶ月分と、リニューアル期間の三ヶ月分……トータル六ヶ月分だ。

そんなの無理。三日で六ヶ月分だなんて、到底用意できる気がしない。

どうしよう、どうしたらいい？

――そうだ、蒲生さんに相談してみよう。

わたしは混乱したまま、カウンターの上に置いていたスマホに手を伸ばして、彼に電話をかけようとした。

けれど、途中でその手を止める。

わたしは蒲生さんに何を求めているのだろう。彼に相談して、金銭面で工面をしてもらうというのだろうか。

工事だって彼の口利きで請求を遅らせてもらっているのに、今度は滞納《たいのう》分の家賃を前借りしたい、なんて言うつもりだったのか。それは、あまりにも頼りすぎだ。彼にそこまで負担を強《し》いるなんてできない。

スマホを置いて、ため息を吐く。

……考えなきゃ。わたしの力で、三日のうちに蛭田さんへ滞納《たいのう》分の家賃を納《おさ》める方法を。

わたしは暗くなっていく気持ちと戦いつつ、ひとまず今後の対策を考えることに専念しようと、頭を切り替えた。

まずはじめに、明日の午後、お店である人物と会う約束を取りつけねばならない。

ある人物とは、我が家の傍《そば》にある、さざなみ銀行の支店長である小杉《こすぎ》さんだ。

さざなみ銀行には、まだ『洋菓子の若林』の売り上げが順調だったころ、長年にわたって融資してもらっていた。それもあって、小杉さんと両親の付き合いは長い。

ところが、業績が落ちたことで、一年前に融資を打ち切られている。

あと三日で滞納《たいのう》分の家賃を確保しなければと考えたときに、真っ先に浮かんだのが小杉さんの顔だった。

もちろん、蒲生さんの立て直しが入る以前にも、さざなみ銀行には何度も融資再開のお願いをしに行って、すべて断られている。

だけど、纏《まと》まったお金を用意するには、やはり銀行の融資が必要である。今の店の状態を伝えれば、もしかしたら……と、わらにも縋《すが》る思いだ。もちろん、やれるだけのことをやった上でお願いするつもりだ。

まずは、小杉さんに提示する資料を作成しなければならない。

今夜はきっと徹夜での作業になるだろう。でもお店を守るために今は頑張らないと……

パチンと頬を叩き、わたしは自分自身を鼓舞《こぶ》した。

◆
◇
◆

わたしは寝不足気味の頭を何とか動かし、ドキドキしながら、壁掛け時計を見た。十二時五十五分、あと五分だ。

カウンターを挟んで、折りたたみの椅子を二脚置き、レジなどが置いてある奥側の椅子に、わたしが腰かける。

昨日縋《すが》る思いで小杉さんに電話をかけたところ『午後一なら何とか時間を作ります』と答えてくれた。とはいえ、何とも困惑した雰囲気だったのが引っかかるけれど……

ううん、不安に思ってもしょうがない。せっかく時間を作ってもらったんだから、当たって砕けろだ。

次の瞬間、店内に響いたドアベルの音にハッと顔を上げる。

「ご無沙汰《ぶさた》してます」

やって来たのは、スーツ姿の小杉さんだった。

五十代後半の彼は、少し白髪がまじる、きれいにセットされた頭を下げる。

「こちらこそ、ご無沙汰《ぶさた》しています」

椅子から立ち上がり、わたしも彼に頭を下げ、手前側の椅子に促《うなが》した。

「ずいぶん綺麗になりましたね、お店」

小杉さんは椅子に座りながらも、きょろきょろと周囲に視線を送って、店内の装飾や商品を眺《なが》めている。

「リニューアルしたんです。店名も改めました」

「そういうことでしたか。雰囲気が変わって、びっくりしましたよ」

一通り観察し終えた彼は、正面に座るわたしににっこりと笑いかけた。

「ご両親はお元気ですか」

「はい。ただあの、事務的なことは今、わたしがすべて担当しているので」

両親には、三日以内に滞納《たいのう》分の家賃を支払わなければならない旨《むね》をまだ伏せている。いたずらに心配をかけたくないという思いもあったけれど、また『心中だ！』と騒ぎ出したりしたら、収拾がつかなくなって困るというのが本音だ。

これまで、銀行関係の窓口は父だったので、怪《あや》しまれないよう言葉を選びながら、一呼吸置いて切り出した。

「今回お呼びしたのは、融資のお願いをしたいからです」

「若林さん」

「わかってます。三ヶ月前に何度もお願いして、断られていますよね。でも、小杉さんにも感じて頂けた通り、三ヶ月前と今とでは、この店も大きく変わりました。ただ、大家さんの意向によって、どうしてもあと三日のうちに、滞納《たいのう》していた家賃六ヶ月分を一括で返済しないといけなくなってしまいました。それには、さざなみ銀行さんを頼るよりほかありません」

わたしはそう言って、レジ台の上に置いておいたひと纏《まと》まりの資料を、小杉さんに差し出した。

「これは？」

「リニューアルオープンから現在までの売り上げと、今後の集客見込みをグラフ化したものです」

これらの資料は、わたしが昨日徹夜で作り上げたものだ。

慣《な》れない作業に四苦八苦したけれど、必死に色々調べながら、なんとか納得のいくものができた。

「それをご覧になって頂ければ、この店がどれだけ昔の活気を取り戻したか……いえ、昔以上に注目される存在となりつつあるか、ご理解頂けるかと思います。今はＳＮＳでも積極的に発信して、反応もたくさん頂いています」

小杉さんは資料を受け取ると、真剣な表情で内容に目を通し始めた。

「生まれ変わったこの店で、わたしも、父も、母も、一生懸命頑張っていく所存です。リニューアルからはまだ短期間で、信頼に足るとは言い切れないかもしれませんが……でも、裏を返せば、短期間でここまで売り上げを回復したんです。この店の可能性を、信じてはもらえませんか？」

小杉さんが資料全体に目を通す時間が、とても長く、もどかしかった。

お願い。わたしたちの描いた夢を、どうか繋《つな》いで。『As de coeur』を続けさせて……！

「……そうですね、この業績であれば、こちらとしても応援することができそうです」

やがて、資料から顔を上げた小杉さんが、先ほどと同じ穏《おだ》やかな笑みでそう言った。

「ほ、本当ですか？」

「はい。将来性のある企業には融資したいのが銀行です。三日というリミットが微妙なところですが、若林さんには昔からお世話になっていますからね。支店長として何とかやってみましょう」

「あ、ありがとうございます！」

わたしは立ち上がり、深々と頭を下げた。

嘘みたい。万に一つだと思っていたのに、わたしは、その砂粒の確率に当たることができたみたいだ。

「立場的に、こんなことは言ってはいけないのかもしれませんが……この資料を見て、とても嬉しく思いました。一年前、融資打ち切りの際とても心苦しくて、気になっていたんです。でも、もう大丈夫だと信じていますよ」

「ご期待を裏切らないように、頑張ります」

わたしは力強くしっかりと頷《うなず》いた。

そう、再びチャンスをもらえたのだから、精一杯頑張って、お店を繁盛《はんじょう》させなければ。

「積もる話もあるのですが、入金の期日まで時間がありません。必要書類の説明に入りたいと思いますが、よろしいでしょうか」

「はいっ」

わたしは目標を達成した安堵《あんど》と、強い希望に胸を膨《ふく》らませながら、小杉さんの話に耳を傾《かたむ》けたのだった。

◆
◇
◆

――三日後の午前十一時。

わたしから先日の経緯を聞いた蒲生さんが、同席したいと申し出たため、ふたりで蛭田さんの到着を待っていた。

約束の時間ちょうど、意気揚々とやって来た蛭田さんは、カウンターの上に積まれた札束を見て、ぎょっとした表情を浮かべる。

「こ、これは何だ……？」

「何って、あなたが要求したんですよ、蛭田さん。滞納《たいのう》している家賃を全部支払えって。だから、家賃滞納《たいのう》分、六ヶ月分です」

わたしはしれっとそう言い放つ。

「な……な……」

まさかわたしがお金を用意できるとは思っていなかったのだろう。蛭田さんの顔には「どうして？」「何で？」と書いてある。

「これで満足でしょう。あなたはこの店の立て直しは無理だと言い切った。それを覆《くつがえ》されて具合が悪いのはわかりますが、もっと理性的に考えましょう。お互いにとって悪い話じゃないはずです。この店が繁盛《はんじょう》し続ければ、家賃収入も途切れることなく続いていくわけなんですから。それとも——」

わたしはカウンター越しにジロッと蛭田さんを睨《にら》みつけて続けた。

「強引に契約を断ち切って、別のテナントでも入れるんですか。その当てはあるんですか。大家であるあなたにとって、空室損失は痛手ですよね？」

「む……」

「そんなリスクを冒《おか》す必要がありますか？　あなたにとっても大きなマイナスになる道を選ぶ意味なんてないでしょう」

矢継ぎ早に放たれる言葉に、蛭田さんの勢いがどんどん萎《しぼ》んでいくのがわかる。

「し……仕方ないな……今回は見逃してやる」

戦意を喪失《そうしつ》した彼は悔《くや》しそうにそう言うと、積まれた札束を抱えるように掴《つか》んで、そそくさと店を出て行ってしまった。

わたしと蒲生さんは、遠ざかる蛭田さんの影を窓ガラス越しに見つめる。

「何とか運転手を免《まぬか》れたようだ」

ヤツが完全に見えなくなったとき、蒲生さんが悪戯《いたずら》っぽく呟いた。

「わたしもおかげさまで、第四夫人を免《まぬか》れたみたいです」

「第四？」

「蛭田さんには奥さんが三人いるんです」

「……そういえば最初、そんな話をしていたな。浮世離れしすぎているが」

三ヶ月前、わたしたちが出会ったときのことを思い出しているのだろう。彼はちょっと疲れた顔をして肩を竦《すく》めた。

わたしは一つ深呼吸をして、彼のほうへ向き直る。

「蒲生さん、ありがとうございます」

「うん？」

「銀行の融資の件。小杉さんと知り合いだったんですね」

妙《みょう》にあっさりと銀行の融資が下りたなとは思っていたのだけど――あとから小杉さんから聞いた話では、なんと、事前に蒲生さんがうちの店のリニューアルの情報を流してくれていたというのだ。

彼らは、もともとビジネスで繋《つな》がりがあったらしい。うちの店がさざなみ銀行から融資を受けていて、それが打ち切られたことを、蒲生さんは知っていた。

で、今後また融資を受けられるように、人気洋菓子店として知名度を上げていること、価値が高まりつつあることを伝えてくれたらしい。蒲生さんが以前から支店長にかけあってくれていたおかげで、こんなにスムーズに融資へとつなげることができた。

最後の最後で、またしてもわたしは、蒲生さんに助けられたのだ。

「いや。彼と直接交渉して、融資を勝ち得たのは君だ。俺がしたのは、せいぜい君のサポート程度だ。……これで、大事な店を守れたな」

彼は小さく首を横に振りながら、優しく微笑む。

「はい！」

わたしは胸がいっぱいになって頷《うなず》いた。

ようやく、このときが来た。この三ケ月、わたしと両親、そして蒲生さんと協力して、強い意志を持って目指してきた目標が、ついに叶ったのだ。

「ありがとうございます、蒲生さん！　わたし、何てお礼を言っていいか」

わたしは身体を真っ二つに折る勢いで、深々とお辞儀をする。

「俺はただアドバイスをしたにすぎない。きちんと実行に移して前に進む努力をした、君や君のご両親が勝ち取った結果だ」

蒲生さんは、わたしの肩に手を置き上体を起こすように促《うなが》す。

「――ただ、わかっているとは思うが、これがゴールじゃない。人気店を維持し続けるにはそれなりのエネルギーとさらなる向上心が必須だ。それを忘れないでくれ」

「もちろん、そのつもりです」

わたしは彼の目をしっかりと見つめて言った。

せっかく手にしたこの達成感や充実感を失わないようにしなければ。これからも、より多くの人に『As de coeur』のお菓子を食べてもらう。そのために、できることを惜しまずに実行していこう。

「ともあれ、よかったな。これで君も、ハウスキーパー卒業だ」

「あ……」

……蒲生さんの言葉に、わたしは大切なことを思い出した。

蒲生さんは、うちのお店を立て直す対価として、わたしに三ケ月間、ハウスキーパー兼仕事の手伝いをするように頼んだ。

立て直しが完了すれば、この仕事も終わる。つまり、彼の家に住む理由が、なくなるのだ。

「今は何とかご両親中心で店を回しているみたいだが、もう少し客が増えれば製菓も忙しくなるから、日常的に君の支えが必要になるだろう」

リニューアルオープンをしてからは、製菓を父が担当し、店頭に母が立っている時間が多い。今みたいにわたしが店頭に立つこともあるけれど、蒲生さんの家で家事をする時間も確保しなければいけないから、それは一日の間のほんの数時間程度に留まっている。

でもこれからは、ずっと店にかかわれる。

わたしとしては複雑な気分だった。お店のことは気になるが、蒲生さんとは離れたくない。

「もうこちらのことは気にしなくていいから、明日にでも自宅に戻ってご両親を手伝ってくれ」

「えっ、明日ですか」

「早いほうがいいだろう」

「で、でもっ……」

彼が小さく首を振る。

「もう三ヶ月は終わった。君は仕事をやり遂《と》げたんだ。……今まで助かった。礼を言う」

違う、そうじゃない、と思ったけど——言えなかった。

……蒲生さんと離れたくない。彼の一番近くにいて、触れ合える距離感を失いたくない。

だけど、今の言葉でわかった。そう思っているのは、わたしだけなんだ。

『三ヶ月は終わった』と、彼は言った。『仕事をやり遂《と》げた』『今まで助かった』とも。

すべてが過去形だ。

——あぁ、そうか。もともと、期間限定のつもりだったんだ。

「……わかりました」

わたしは俯《うつむ》き、喉《のど》から声を絞《しぼ》り出す。

彼が結論を出しているのなら、何を言ったところで空《むな》しい気がした。

家で本当の恋人のようにふるまう彼の言葉に、本気は含まれていなかったのだ。それを真に受けたわたしが悪い。

途方《とほう》に暮れていたわたしに助け舟を出してくれた彼を、好きになってしまった。差し出された厚意を好意と勘違いするなんて、おめでたいにもほどがある。

蒲生さんにはこれ以上ないくらいお世話になった。返せるものがあるとしたら、彼の思う通りにこの半端な関係を終わらせることくらいなのだろう。

そう思い至り、わたしはパッと顔を上げた。そして、努めて明るい調子で口を開く。

「それじゃあ、今日は目標達成のお祝いをしましょう。蒲生さんのお家でお世話になる最後の日になるので、記念にってことで」

ちゃんと笑えているだろうか。声は震えていないだろうか。

不安になったけれど、蒲生さんは特に不審がる様子もなく「ああ」と頷《うなず》いた。

……これでいいんだ。わたしと蒲生さんは、ただの経営者とコンサルタント。

彼のおかげで大切なお店を守れたんだから、それだけでよしとしないと。あれもこれもと欲張ったら、バチが当たる。

蒲生さんの家で過ごした日々は、神様が与えてくれた一時の甘い幻なのだと割り切らなきゃ。

恋愛が終わるときは、砂の城のよう。彼との恋が始まった日に、カフェで交わした言葉を思い出しながら、すべてがリセットされるときが近づいているのを感じていた。

◆◇◆

子どものころから、泣きたいときほど我慢してしまう性質《たち》だった。

両親からは歳の割にしっかりしている子だと言われていた手前、限界まで背負い込む癖《くせ》がついてしまったのだ。

辛いときほど笑う。無理にでも笑っていると、いくらか楽しく思える気がした。

だから蒲生さんとの最後の晩餐《ばんさん》に向けて食事の支度をしているときも、敢《あ》えて鼻歌なんかを歌ったりして気分を無理やり上げていた。

いつもふたりで食卓を囲んでいたダイニングテーブルに、彼の好物を次々と置いていく。

グリーンサラダにエビとアボカドのマヨネーズ和《あ》え、イカと玉ねぎのマリネ、アクアパッツァ。

野菜多めのヘルシーメニューが彼の好みだ。普段の食事を節制することで、大好きなスイーツを心置きなく食べられると真面目な顔で話していたのが面白かったな、と思い出し笑いをした。

お酒も、糖質の低いハイボールが好きなようだった。だから今日も、それを用意する。

「それじゃあ蒲生さん、乾杯」

「乾杯」

ハイボールの入ったグラスを軽く掲げると、蒲生さんも同じような仕草を返してくれる。

グラスを傾《かたむ》けて、中身を口にする——文字通りの、勝利の美酒。美味《おい》しい。

美味《おい》しいはずなのに、心の奥がザワザワする。それを打ち消すように、わたしはグラスを呷《あお》った。

「ペースが速いな」

普段、あまりお酒を飲むことのないわたしのそんな様子を見て、蒲生さんはちょっと驚いたように言う。

「お祝いなんで」

本当の理由は明かせないから、わたしはおどけてまた笑った。

ふたりで取る最後の夕食なのに、蒲生さんはいつもとまるきり同じだ。彼にとっては、これでもうわたしとの関係が切れてしまうことなど、大したことではないのだろう。

悲しいけど仕方ない。彼みたいなすごい人と、少しの間とはいえ、恋人みたいな関係でいられたことだけでも感謝しないといけないのだ。

……それでも、本当はもっと、ずっと一緒にいたかったなぁ。

「食べないのか？」

「あ、いえ」

わたしが全く箸《はし》に手をつけないので、彼が心配そうに促《うなが》す。

いけない、いけない。蒲生さんと同じように、普段通りでいなきゃ。

サラダとマリネを小皿に移して、口に運ぶ。

「今日も美味《おい》しい」

「あ、ありがとうございます」

——よかった、褒《ほ》めてもらえた。

マリネを味わいながら、この三ヶ月間、蒲生家で過ごしてきた日々のことを思い出す。料理や洗濯、掃除など、ハウスキーパーとしての仕事や、書類を運んだり受け取ったりの仕事のサポート。

それに、恋人同士みたいに触れ合う甘美な時間——

そのすべてが、わたしにとって大切だった。

……もう、そんな日々には戻れないけれど。

そう思った瞬間、視界がぼやけ、目の奥がツンと痛くなった。

「どうした？」

泣いちゃダメだ、と心の中で叫んだけど、もう止められない。

両目からぽろぽろと涙が零《こぼ》れていく。わたしは慌《あわ》てて箸《はし》を置き、人差し指で涙を拭《ぬぐ》った。

「ごめんなさい、わたし、こんなつもりじゃなかったんですけど。……やだ、お酒のせいで気持ちが昂《たかぶ》ってるのかな」

泣かれたって、蒲生さんが困ってしまうのに。だからこそ、笑顔で終わるつもりだったのに。

でも、もう無理だ。このまま聞き分けのいいふりなんてできない。

「こんなこと言ったら困らせるかもしれないけど、わたし、蒲生さんと別れたくないです。もっと一緒にいたい。蒲生さんのこと、本気で好きになっちゃったから」

言ってしまった——という後ろめたさもあるけれど、その反面、晴れやかな気持ちになる自分もいた。

怖くて蒲生さんの顔が見れない。わたしは料理の載ったテーブルをぼんやりと見つめて続けた。

「蒲生さんと一緒に暮らし始めたのは成り行きだったし、最初は住み込みなんて困るって思ってたけど……でも、傍《そば》にいるうちに、蒲生さんがいない生活なんて考えられなくなっちゃいました。明日から自分の家に戻っても、蒲生さんのいない寂《さび》しさは絶対に襲《おそ》ってくると思います。それに耐《た》えられる自信が……わたしにはないです」

言葉を吐き出すごとに、涙が雨の滴《しずく》のようにポツポツとテーブルを濡《ぬ》らしていく。

「図々しいのはわかってます。そもそもわたしが蒲生さんにこんなこと言える立場じゃないですから。付き合ってるわけでもないですし、ただの同居人にそんなこと言われても困ってしまいますよね。……だから、聞き流してもらって大丈夫です。ただ、わたしの気持ちが抑《おさ》えられなくなっちゃっただけなので」

そこまで一息に言うと、何だか肩の荷が下りたようにふっと心が軽くなったのを感じた。

……何も言わずに終わってしまうより、これでよかったのかもしれない。

泣いてしまったのだけは我ながら誤算だった。同情を引きたいわけではなかったから。でも、きちんと伝えるべきことは伝えられた。

蒲生さんはしばらく黙っていた。

彼がどうして無言でいるのかがわからなくて、顔を見ることができない。

もしかして怒っている？　そんな面倒くさいことを言われても――とか。

「――訊《き》いてもいいか」

不安に駆られていると、沈黙を破って蒲生さんが口を開いた。わたしはコクリと小さく頷《うなず》く。

「俺たちは付き合ってないのか？」

彼の質問に、わたしはぽかんと口を大きく開いた。

「君の認識とずれているようだが、俺としては付き合っているつもりだった」

「う、嘘っ」

わたしは首を横に振った。けれど、蒲生さんは納得しない様子でさらに続ける。

「以前に『付き合ってみるか？』と訊《き》いただろう。それを、君が了承したと受け取っていた」

――じゃあ、あのときの蒲生さんの言葉は、本気だったってこと？

恐る恐る蒲生さんの顔を見ると、彼は、至極真面目な表情を浮かべていた。

「だ、だって……付き合ってる雰囲気全然なかったですよね。それに今日、ハウスキーパー卒業だとか、店の立て直しが終わったからここを出て自分の家に帰れ、とか言ってましたし」

「もともとハウスキーパーは三ヶ月の約束だろう。家に帰ったほうがいいと言ったのは、昼間も話したが店のためだ。それもしばらく店が落ち着くまでの間で、ここを出て行ってほしいと言った覚えはない」

「えっ？」

「ご両親と相談して、ここで暮らしたいならそれでも構わない。それは店が上手く回る方法を考えてから決めればいいと思っていた」

昼間の言葉をよく思い返してみる。

わたしが突き放されたと受け取っただけで、もしかして蒲生さんとしてはそんなつもりはなかった？　リニューアルしたお店のことを第一に考えられるように気を利かせてくれた、ということ？

「ただ、付き合ってる雰囲気、というのが何を指しているのかはわからないが」

まだ頭の中が整理できていないわたしに、蒲生さんが難問だとばかりに首を捻《ひね》る。

「だから、その……『好き』とか『愛してる』とか、そういう愛情表現のことですよ」

「……してないわけじゃないだろう」

「そうなんですけど」

その言葉が身体の関係そのものを指していると気がついて、わたしは顔を赤くしながら小さく否定する。

「えっと……そういうことをやってはいますが……、そうじゃなくって。普段、蒲生さんって『好き』とか『愛してる』って、サラッと言うじゃないですか。でも、どうしてかその言葉に、愛情を感じられないんです。本当に心からそう思ってくれているのか、不安になっちゃって」

「そうだったのか……」

すると、蒲生さんが困ったように目を逸《そ》らして、がっくりと肩を落とした。

「……が、蒲生さん？」

「あぁ、いや……そういうの、気恥ずかしくて――得意じゃないんだ。それでも、自分なりに努力していたつもりだが……裏目に出ていたんだな」

え？　もしかして、蒲生さん……ショックを受けてる？

びっくりした。いつもあんなに堂々としてる蒲生さんでも、落ちこんだりするんだ。

……これは、もしかして、ちょっと――可愛い、かも。

「じゃあ、言いなれてないだけだったんですね。てっきりわたし、遊ばれちゃってるのかもって……」

「そんなわけないだろう」

キッパリと否定して、蒲生さんがゆっくり席を立った。

そして、わたしの椅子の後ろに回り込み、背後から抱きすくめる。

「不安にさせて悪かった。君が――みやびのことが好きだ。これからも俺と、付き合ってほしい」

耳元で聞こえた言葉が、わたしの涙腺《るいせん》をもう一度、崩壊させる。

「よ、喜んでっ……！」

蒲生さんの腕にぎゅっとしがみつきながら、わたしはやっと彼の『彼女』になれた気がした。

「蒲生さんっ、ちょっと待って……んんっ」

涙まじりの祝賀会を終えたわたしたちは今、彼のベッドで身を寄せ合っている。

わたしを組み敷《し》いた蒲生さんが、首元にキスの雨を降らす。

「待たない。みやびが俺に大事にされてるって実感するまでは」

「んんっ！」

蒲生さんの唇が、今度は耳朶《みみたぶ》にキスを落とす。輪郭《りんかく》を甘噛《あまが》みしながら舐め、吸い立てると、耳孔《じこう》にも舌を這《は》わせる。

「愛してるよ」

「あ、うっ……」

舌の濡《ぬ》れた音とともに囁《ささや》かれる愛の言葉に、頭の中がびりっと痺《しび》れるようだ。

蒲生さんはわたしの部屋着のTシャツを脱がせて、ブラの背中のホックを外す。すると二つの膨《ふく》らみが、黒無地のカップからまろび出た。

「可愛い。すぐ気持ちよくしてやる」

震える二つの頂《いただき》を見下ろすと、蒲生さんが微笑を浮かべて、片方の膨《ふく》らみに唇を寄せた。

「ん、やぁっ……」

◆
◇
◆

ぬるぬるした舌の感触が柔《やわ》らかな膨《ふく》らみの中心へと向かい、位置をずらして舐め上げていく。

意地悪な蒲生さんは、決して頂《いただき》を舐めてはくれない。ほんのりと色づく中心部分まで辿《たど》り着くと、動きを止めて、丸みを帯びた外側へと戻ってしまう。

もう片方の胸へと移行したところで、わたしは意を決して口を開いた。

「あ、のっ……」

「うん？」

「先っぽ……舐めて、ほしいっ……」

こんなこと、自分から要求するのはやっぱり恥ずかしいけれど、そうしないと彼は本当に知らんぷりをしてしまう。何度か身体を重ねたことで、彼がそういうタイプであることだけは、はっきりとわかっていた。

「まだ触ってもいないのに、勃《た》ち上がってるここか？」

「ぁうっ……！」

散々焦らしておきながら、蒲生さんは何の前触れもなく先端を口に含んで、吸い立てる。

不意に与えられた快感に息が詰まった。口がきけないでいる間に、蒲生さんはもう片方の先端も舌先で転がし、また吸い立てる。

「硬くなってるから、吸いやすい」

「やだっ……」

「嫌だ？　こんなに勃《た》ってるのに」

反射的に飛び出た言葉を揶揄《やゆ》してから、彼はわたしのスウェットと下着を一緒に下ろしてしまう。

「もう下着、糸引いてる」

「っ……！」

だってそれは、蒲生さんが焦らしたりするから。

反論したかったけど、それより早く彼の中指の先が内股を経由して、入り口に添《そ》えられた。

「びちゃびちゃだ。胸を舐められただけでこんなになったのか？」

溢《あふ》れた愛液を指先に纏《まと》わせて、割れ目の部分をゆっくりと往復する。

「い、じわるっ……んんっ！」

粘膜を擦《こす》っていく感触が心地いい。もっと触ってほしい。

言葉とは裏腹に、ねだるように腰を浮かせると、その意図に気づいた彼が意地悪に笑う。

「欲張りだな。待ちきれないのか」

「ぁ……だってっ……」

はしたないのはわかっているけれど、むくむくと膨《ふく》れ上がる衝動には抗《あらが》えなかった。

「そういうところも可愛い。今夜は、みやびを大事にしてるってこと、わかってほしいから――気が遠くなるくらい、気持ちよくさせてやる」

「あ……」

不敵な笑みを見せたあと、彼はベッドのやや下のほうに身体をずらす。それから、わたしの太腿《ふともも》を押さえて片脚を折ると、下肢《かし》に顔を埋めた。

そして、愛液の滴《したた》るその場所を唇や舌先を使って愛撫《あいぶ》し始める。

「――だ、ダメっ、蒲生さんっ！」

「何がダメなんだ？」

「だって、そんなところ舐めちゃっ……んん、ぁあっ！」

「気持ちよくないのか？」

「気持ち……いいですけどっ、そうじゃなくてっ」

粘膜同士で触れているからか、指でされるよりも刺激が強い。

「ここ、舌を捻《ね》じ込むとひくひくしてる」

「んんっ‼」

舌でぐちゅぐちゅと刺激されると、身体に力が入らなくなる。

「みやびの好きなところも、一緒に弄《いじ》ってあげないと」

舌先が膣内を抉《えぐ》る動きから、敏感な突起を探り当て、その粒を擦《こす》るようなものに変わる。

「やぁあっ、それダメっ……！」

脳天を貫《つらぬ》かれるような強い刺激に、身体が跳《は》ね上がる。

「ダメじゃなくて、気持ちいい、だろう。……中が寂《さび》しくなったな、指を挿《い》れようか」

舌先で突起を撫《な》で回しつつ、溢《あふ》れ出る愛液を掻《か》き分け、蒲生さんの中指が膣内に侵入する。

するりと何の抵抗もなく根元まで収まると、彼はさらに人差し指と薬指を一緒に押し込んだ。

「ぁあんっ‼」

「三本同時に挿入《はい》ってるの、わかる？　全部見えてる……濡《ぬ》れて光って、いやらしい眺《なが》めだ」

喋っている彼の吐息が、指の刺さった秘裂に直接かかって、また煽《あお》られる。

「いっぱい動かしてやる」

言葉の通りに、蒲生さんは三本の指を抜いたり、挿し入れたりを繰り返す。その間も、舌先は赤く腫《は》れた突起への刺激を忘れない。

「あっ、あっ……!!」

どうしよう、気持ちいい――もう何もかも全部、わからなくなっちゃうっ……！

「蒲生さんっ、ぁっ……やぁあっ……!!」

強すぎる快楽によって、わたしは強引に絶頂に導かれた。

「――みやび、可愛かった。そういうところも、愛しい」

わたしの呼吸が落ち着くと、彼は体勢を戻してわたしの頬にキスをした。

……うう、自分から訴えたこととはいえ、いつもと違ってすごく恋人っぽいしぐさに、違うドキドキを感じる。

でも嬉しい。わたしを真っ直ぐ見つめる瞳から、本当に大切にしてるんだって伝わってくるから。

わたしも、ねだるだけじゃなくて……彼に返していかなきゃ。

「蒲生さんも気持ちよくなってほしい……来て、蒲生さんっ……」

わたしの言葉に、彼はふっと柔《やわ》らかな笑みを浮かべて、わたしの唇にキスをした。

柔《やわ》らかい感触が遠ざかると、彼は着ていたパジャマの上着を脱いだ。

引き締まった身体から、わたしと同じボディシャンプーの匂いが立ち上る。

初日に緊張していたこの香りも、今や自分自身の一部になったような感じがする。

「みやびとは、これから先ずっと一緒にいたい。だから今日は、このままでも……いいか？」

至近距離で、囁《ささや》くように彼が訊《たず》ねる。

「はい……」

わたしが頷《うなず》くと、彼はパジャマのズボンやボクサーパンツを脱ぎ払った。直後、わたしと深い口づけを交わす。

口の中で舌と舌を触れ合わせながら、下肢《かし》に蒲生さん自身を押しつけられる。

切っ先で秘裂を擦《こす》る動きに合わせて、嬌声が止まらない。

「……挿《い》れるぞ」

唇を離して彼が宣言すると、蒲生さんの熱が膣内へと挿入《はい》ってきた。

「――ぁあっ……！」

じわじわと入り口を押し広げて、最奥まで達すると、またキスを交わす。

彼自身がいつもより熱い、と思った。わたしと蒲生さんとを隔《へだ》てるものがないことによって、彼の体温や反応が、ダイレクトに伝わるような気がする。

「好きだ、みやび……もっと可愛い顔をみせて」

砂糖菓子のように甘い言葉を口にしながら、蒲生さんが律動を始めた。

突く深さを変えながら、わたしの腰を抱えて、膣内を自身で貫《つらぬ》く。

「そんな、激しくしたらっ……ぁあっ！」

膣内に根元まで押し込まれた瞬間、蒲生さんの熱が触れる場所すべてから、快感が迸《ほとばし》る。

「もっと感じさせてやる――」

「あっ、ぁああっ……！」

パンパンと、腰のぶつかる官能的な音を鳴らしながら、彼の人差し指がわたしの敏感な粒を捕らえて、捏《こ》ねたり弾いたりする。

膣内を擦《こす》られるだけで気持ちいいのに、そんな場所まで弄《いじ》られたら、頭がどうにかなってしまいそうだった。

「だ、めっ……それ強いっ……強いのっ……！」

「その顔、可愛いよ。もっと感じて」

一回休ませてという意味で必死に訴えたのに、蒲生さんは余計に煽《あお》られたらしい。

下肢《かし》を穿《うが》つスピードを速めて、わたしを更なる高みへと追いつめていく。

「これ、やぁっ……蒲生さんっ……わたし、きちゃっ……来ちゃうっ……！」

身体中をびくびくと震わせながら、全く余裕がなくなり小さく叫んだ。

「いいよ……みやびのイくときの顔、しっかり見せて――っ……！」

仕上げとばかりに、蒲生さんの抽送《ちゅうそう》が大きくなった。垂《た》れた彼の前髪から、ぽたりと汗が滴《したた》り落ちる。

彼は、わたしの片手を掬《すく》い上げると、わたしの頭上で指先を絡ませて強く握《にぎ》りしめた。

「んんんんっ……!!」

目の前に、キラキラした星が散っていく。蒲生さんと繋《つな》がった秘裂から、指先で摘《つ》まれた突起から、甘く蕩《とろ》けるような感覚が止まらない。

わたしの内側が大きく震えた瞬間、彼はこれ以上ないくらいに張り詰めた自身を引き抜いて、わたしの胸の膨《ふく》らみに、欲望の残滓《ざんし》を放った。

「はぁっ……はぁっ……」

激しい運動をした直後のように胸を大きく上下させると、彼はわたしの前髪をくしゃりと撫《な》でた。

「愛してる」

「わたしも、愛してる……蒲生さん」

目を伏せると、彼の唇がわたしの唇に触れた。

繋《つな》いだ指先から、蒲生さんの温もりが伝わってくる。その感触に真摯《しんし》な愛情を感じて、わたしは心も身体も満たされていった――

◆◇◆

「そういえば、蒲生さん。一つ訊《き》いてもいいですか?」

もう一度シャワーを浴び直して、彼の部屋で休もうかというとき、ベッドに腰かけていたわたしは、ふと彼に訊《たず》ねた。

「何だ？」

蒲生さんはケージ越しにだいふくにペレットを与えながら、こちらを見ずに答える。

「どうしてうちの店のコンサルタントを引き受けてくれたんですか？」

「言っただろう。食に携《たずさ》わる者として、美味《おい》しい菓子を作る店を潰《つぶ》したくないというのと、蛭田さんの卑怯《ひきょう》な条件が癇《かん》に障《さわ》ったからだ」

「でも、本当にそれだけですか？　自分の仕事で忙しいでしょうし、全く蒲生さんの儲《もう》けにはならない内容なのに。というか、何でそもそもうちの店に入ってみようって思ったんですか？」

あの周辺には例の『ヤミーファクトリー』もある。自分で言うのも何だけど、以前の『洋菓子の若林』の佇《たたず》まいでは、試しに入ってみようと思わせる力なんてないのに。

今となってはそのおかげで店の立て直しができたのだけど、よくよく思い返してみるとそこが妙《みょう》に引っかかっていた。

「……ああ、その話だが」

だいふくのケージの前から、蒲生さんがベッドに歩み寄った。

「多分、俺は君の店のパウンドケーキを、昔食べたことがある」

「えっ……!?」

「だから、コンサルタントを引き受けたということもあるな」

「ほ、本当ですか、それっ」

意外な返事だったのでわたしは目を瞠《みは》った。彼がとなりに座って続ける。

「前に、忘れられない菓子があると言っただろう」

「はい」

わたしが初めてこの家に来た日に、そんな話をしたのを思い出す。

蒲生さんはそのお菓子と出会って、飲食店コンサルタントの道を志《こころざ》したんだっけ。

「それは確か、姉の中学の入学祝いのときに親戚にもらったパウンドケーキで、マーブル模様の生地の中心に、赤いハート型のパート・ド・フリュイが入っていた」

「それがうちのパウンドケーキ……」

「初めて食べるものだし、とにかく美味《おい》しかったんだが、記憶に残っていた一番の理由は、姉がいつになく喜んでいたからだ。ケーキを切り分けたときに出てくるハート型の模様に、姉は心を掴《つか》まれていた」

軽く天井を仰《あお》ぎながら思い出を語る蒲生さんは、どこか優しい雰囲気を纏《まと》っている。

「ずっと忘れられなかった。飲食店のコンサルタントになってからも、人を感動させる力のあるそのケーキを、いつかもう一度食べたい、と思った。持ってきてくれた親戚に訊《たず》ねても、昔の話だし、アバウトな情報しか得られなかったから、時間があるときに周辺の菓子屋を調べてみることにしたんだ」

「それで、うちの店を見つけてくれたってわけですね」

知らなかった。蒲生さんはもっと昔に、うちの店のお菓子を知っていたんだ。

彼はわたしの顔を覗《のぞ》き込むと、「ああ」と頷《うなず》いた。

「君が以前言っていただろう。また食べたい菓子だと思ってもらえたら、作り手も本望だ、と」

「あ……はい」

「君の店の菓子は既にそう思われている。俺が保証する」

「……ありがとうございます」

わたしはぺこりと頭を下げた。蒲生さんが、わたしの頭を優しく撫《な》でる。

世界中の誰に褒《ほ》められるよりも、嬉しい。

「でも何だか、不思議な縁を感じますね。うちのお店のお菓子を食べてもらえたことで、蒲生さんが飲食店のコンサルタントを志《こころざ》して、お店の立て直しのプロフェッショナルになって……そして、うちの店を立て直してくれた、なんて」

まるで、わたしと蒲生さんが出会うべくしてそうなったような――っていうのは、さすがに言いすぎか。

「……そうだな」

けれど、蒲生さんはわたしのそんな戯言《ざれごと》を否定せずに、優しく頷《うなず》いてくれる。

「『As de coeur』のお菓子がもっとたくさんの人の記憶に残るように、頑張っていかなきゃですね」

父が母の愛を得るために作ったケーキが、わたしと蒲生さんの縁を繋《つな》いだ。

愛の溢《あふ》れるこのケーキと、両親と、わたし。生まれ変わった『As de coeur』は、未来へ歩き出す。

その傍《そば》に蒲生さんがいてくれるのなら、これ以上心強いことはないと――そう思った。

番外編

甘いワナにはご用心！
～続・敏腕コンサルのめちゃあま計画～

1

十一月も中旬になると、街には厚手のコートを羽織《はお》り、全身を暗めのトーンでコーディネートした人が増えてきた。

『洋菓子の若林』改め『As de coeur』の売り上げは依然、右肩上がりをキープしている。

最初にSNSで地道に宣伝したおかげか、お店の認知度はアップした。そしてお店の名前を冠《かん》した、例のパウンドケーキが若い女の子たちに人気になったのだ。

理由は、わたしがSNSで、パウンドケーキに纏《まつ》わる両親のエピソードを発信したことにある。

あのケーキは、創業者である父が母にプロポーズをするときに誕生した、非常に思い入れのある、縁起がいいものだ。

『成就させたい恋がある人は、そのお相手と一緒に食べると恋が実るかも……』

両親のエピソードとともにこんな記事を投稿《とうこう》したら、ならば試してみたいと思う女子が積極的に店を訪ねてくれたのだ。

しかも、彼女たちがその後、成就しましたという報告をSNSに投稿《とうこう》したり、ブログの記事にしてくれたりするものだから、それを見た女子がさらにお店を訪ねて――と、かなりの効果を発揮している。

今や気軽に発信したわたしのほうが、このケーキには本当にそんな不思議な力があるのかもしれない、と錯覚《さっかく》するほどだ。

正直、ＳＮＳの集客力がこんなにも高いとは思ってなかった。

そんなわけで、『As de coeur』はリニューアル以来、繁盛《はんじょう》し続けている。

◆◇◆

現在の時刻、午後六時五十分。

閉店時間ギリギリなので、お客さんの姿はもうない。

わたしはカウンターを離れ、赤く塗り直した扉を開けた。仄明《ほの》るいランプの灯りが、すっかり暗くなった外の景色をぼんやりと照らしている。

周囲を見回してみたけれど、こちらへ歩いてくる人影もなさそうだ。

……よし、今日の営業は終えてしまおう。そう決めて店内に入ると、レジの前まで移動する。

レジ締《し》め作業をしていると、チリンチリン、とベルの音が鳴《な》った。

「お疲れ様」

「あ、がも――じゃなかった、朔弥さん」

扉を開けたのは、朔弥さんだ。

わたしの呼びかけに、彼が後ろ手に扉を閉めてカウンターの前までやってくる。

「別に、苗字で呼んでも間違いじゃないが」

「そうなんですけど、やっぱり付き合ってるのに苗字で呼ぶんだとよそよそしいかなって」

付き合っている、という確認をしたあと、わたしはなるべく彼を名前で呼ぶようにしている。

うっかり以前の苗字呼びに戻ってしまうこともあるけれど、『朔弥さん』と名前で呼んだほうがよりふたりの距離が縮まる気がするのだ。

「そうか」

朔弥さんはおかしそうに目を細めて笑ったあと、わたしの頭から足元までをなぞるように視線を動かす。

「その格好も板についてきたな」

「でしょう?」

わたしは笑って頷《うなず》きながら、自分の制服を摘《つ》まんでみせた。

清潔感のある白いシャツに、ブラウンのスカーフタイと同色のエプロンは、店の制服として着ているものだ。

フランスのパティスリーというテーマに合うんじゃないかと思い、わたしが選んで、朔弥さんにOKをもらった。

穿《は》き慣《な》れないスカートは少し緊張するけれど、おかげで仕事のオンオフのメリハリがついて、いいのかもしれない。

朔弥さんのほうは、いつも通りのスーツ姿。今日は黒系のストライプのスーツに、グレーのシャツ、ボルドーのネクタイという秋らしい装《よそお》いだ。

「制服や衣装も、店の印象を左右するから。意識したほうが絶対にいい」

「そう教えてもらいましたもんね」

彼に連れて行ってもらった、パンケーキが美味《おい》しいカフェから得たヒントだ。制服に限らず、些《さ》細《さい》な部分でも、お店の雰囲気に合ったものをチョイスすることを心がけるようになった。

「締《し》め作業が終わるまで待ってる」

「わかりました」

「今日は時間があるから、途中で食事してから家に行こう」

「やった」

今夜は朔弥さんと外食だ。最近はふたりの時間がなかなか取れていなかったから、とびきり嬉しい。レジのキーを打つ手が俄然《がぜん》、軽やかになる。

うちの店が繁盛《はんじょう》し始めてから、わたしと朔弥さんは別々に暮らしている。けれど、定休日の前日の夜に、朔弥さんのスケジュールが埋まっていなければ、彼の家に泊まりに行くことにしていた。

明日は定休日だから、今日はこれからずっと一緒に過ごせる、というわけだ。

「何食べたいか、考えておいて」

「はーい」

今日は何にしよう。和食もいいけど、イタリアンもいいな。

そういえば、朔弥さんの家の近くに新しくイタリアンのお店がオープンしたって聞いたっけ。評判も上々みたいだから、そこにしようかな——

そんなことを考え、わたしはお店の後片づけに勤《いそ》しんだのだった。

2

「ただいま〜」

美味《おい》しいお酒と料理の余韻《よいん》に浸《ひた》りつつ、わたしは歌うように言いながら朔弥さんの家の扉を開けた。

「どうします、もう一杯飲みますか？」

「いや」

キッチン奥の冷蔵庫に向かって真っ直ぐ歩き出したところで、朔弥さんがわたしの左手の手首を掴《つか》んだ。そっと自分のもとへと引き寄せる。

「……みやびがほしい」

優しく甘く、彼の声が耳元で響く。

少しカタい感じがする普段の話し方とは違う、囁《ささや》くような低音。

そんな台詞《せりふ》を真面目に言われると、どんな顔をしていいのかわからなくなってしまう。

「――いい？」

「……だ、ダメって言ったら？」

もったいぶるわけじゃないのだけれど、正面から訊《たず》ねられる照れくささも入りまじり、意地悪を言いたくなった。

彼がわたしの顔を覗《のぞ》き込む。

「それでも、みやびのこと抱きたい」

「……っ！」

真剣な顔でそんなこと言うなんて、反則だ。

そんな風に、嬉しくなる求め方をされたら、断ることなんて、できなくなるじゃないか――

「じゃ、じゃあ……でも、あのっ……お風呂、入ってからっ」

しどろもどろに答えるわたしの様子を見て、朔弥さんがくすっと笑う。

「一緒に入る？」

……えっ、一緒に⁉

「そ、それはちょっと……」

「どうして？」

「どうしてって、そりゃあ」

恥ずかしいからに決まってるんだけど――何で不服そうな顔してるんだろう。

理由を告げるために開いた唇を、キスで塞《ふさ》がれる。

柔《やわ》らかくてちょっぴりアルコールの匂いが残る唇は、一瞬触れただけですぐに離れていく。

「一緒に入ろう。たまには、悪くないだろ」

「……うん」

朔弥さんにはこんな風に丸め込まれてしまうことも多い。

惚れた弱みとはよく言ったものだと思う。

「おいで、着替えを取りに行こう」

わたしは朔弥さんに促《うなが》されて、まずは着替えのパジャマを取りに寝室へと向かった。

◆◇◆

ガラスの扉を一枚隔《へだ》てた向こう側から、シャワーの水音が聞こえてくる。

その音に負けないくらい、わたしの心臓も高鳴っていた。ドキドキと鼓動《こどう》する左胸を片手で押さえる。

これから浴室に入ろうとしているために、当然ながら何も身に着けてはいない。

誰かと一緒にお風呂に入るのなんて、大学の卒業旅行以来だったし、それが異性ともなれば初めての体験だ。

心の準備をする時間がほしかったから、朔弥さんに先に入ってもらうようにお願いしたという次第である。

わたしは深呼吸を一つしてから、恐る恐るバスルームに続く扉を押し開けた。

立ち上る湯気の中に、朔弥さんの広い背中が浮かび上がる。

そこに浮き出た肩甲骨《けんこうこつ》や、女性とは違う筋肉のつきかたに意識がいくと、今さらながら目のやり場に困る。

見慣《な》れているだろうと言われればそうかもしれないけど、明るい場所でこんなにまじまじと見ることなんてないし、そもそも凝視《ぎょうし》していいものなのかどうか疑問だ。

扉を閉めると同時に、朔弥さんが振り返った。

……いよいよ、どこを見ていいのかわからない。

「こっち来て」

「は、はい」

なるべく彼の首から上だけを見るように努めながら、言われるままに一歩前に出た。

シャワーヘッドを手にしていた彼が、私のつま先にお湯をかける。温かい。

「身体、俺が綺麗にしてやる」

「えっ——わっ」

わたしの返事も聞かないうちに、彼はわたしの背中を抱えるように抱き寄せ、つま先から膝《ひざ》、太腿《ふともも》と、お湯をかける位置を上昇させていった。止《と》め処《ど》なく流れる熱が、脚を伝って降りていく。服を脱いでからやや時間が経っていたせいで、冷たくなっていた肌に心地よい。

シャワーのお湯はお尻から背中、両肩へと振りかけられてから、身体の表側に移行していく。

「やっ、ちょっと……！」

すると、朔弥さんがわたしの胸の頂《いただき》に当たるようにヘッドを動かした。

彼が涼しい顔をして首を傾《かし》げる。

「どうした？」

「へ、変なところ――かけなくていいですからっ……」

「変なところ？　どこだ」

「い、今当ててるところっ……！」

こちらを見て笑う朔弥さんは、意地悪な目をしている。

多分、わざとに違いない。わかっていて訊《き》いているんだ。

「ちゃんと濡《ぬ》らしておかないと、ボディソープが泡立たないから」

もっともらしいことを言いつつ、今度は胸元から下腹部に向かってお湯をかける。

「んっ……」

お腹から滑《すべ》り落ちる温かな水が、緩《ゆる》やかな刺激となって肌の上を走っていく。

「気持ちいい？」

口元に笑みを湛《たた》えたまま、朔弥さんが訊《たず》ねる。

「そ、そんなことっ……！」

「気持ちよくない？　温かいだろ、外冷えてたし」

「あ……」

わたしが思っていた意味ではなかったと知って、言葉に詰まる。

恥ずかしくて、顔に熱が集まる。

「みやびのそういう素直なところ、いいよな」

朔弥さんはどこか楽しげに言いながらシャワーを止め、掛具にヘッドを預けた。ディスペンサーからボディソープをワンプッシュ分取って、手の中で泡立てる。

そして、泡立てたソープを、わたしの肩の上に伸ばすようにして置いた。

今はもう馴染《なじ》みのある、わたしと朔弥さんの香り。

「っ……」

それからもう片方の肩に置いて、同じように伸ばしていく。

……だ、誰かに身体を洗ってもらうのなんて初めてで——変な感じっ……

朔弥さんは肩から腕へ、腕から指先へと、手のひらで包み込むように洗う。

お湯の温度に近い彼の温もりが心地よくもあり、こそばゆくもある。

「もっと力を抜いて」

緊張で強張《こわば》っているのを指摘されて、意識的にリラックスしようとするけれど、状況が状況だけに上手くいかない。

「だって、くすぐったくて」

「そのうち慣《な》れる」

朔弥さんはディスペンサーからもう一度ソープの液体を取ると、再度泡立てた。

わたしの背後に立つと、そして今度は背中から腰にかけて、手のひら全体を使ってマッサージをするように泡を伸ばしていく。

「んんっ……」

自分で洗うのと違って、次に指先がどこに移動するのか予測できないから、触れられたときにびっくりしてしまい、つい吐息が零《こぼ》れる。

腰からお尻へ移動すると、朔弥さんはその部分をゆっくりと、ごく優しいタッチで撫《な》でた。くすぐったさだけではない、じれったさを感じて、それから逃れるように身を捩《よじ》る。けれど、彼はわたしの片方の肩を軽く引き寄せて、その動きを止めた。

「逃げるなよ」

「に、逃げてなんて」

「じっとしろ。洗ってるんだから」

「あ、うっ……」

太腿《ふともも》から双丘《そうきゅう》を持ち上げるような手のひらの動きは、皮膚の表面を微弱な電流が駆けていくようで、いけないとわかっていても腰が小さく揺れてしまう。

こんなわずかな反応も、意地悪な朔弥さんはきっと見逃していない。

その証拠に、彼は満足そうに口の端を上げて笑うと、わたしの反応を窺《うかが》うように触れるか触れないかの微妙な力加減で絶えずその部分を撫《な》でてきた。

右に飽きたら左、左に飽きたら右——というように、繰り返し、煽《あお》るような手つきで。

その感覚に流されないようにと、身体を支える両脚や、実際に触れられている臀部《でんぶ》に力を入れたりするけれど、そのたびに、「緊張しないで、リラックスして」と、耳元で囁《ささや》かれ、さらに身体が敏感になってしまう。

洗ってもらってるだけなのに、変に反応する自分が恨《うら》めしい。

「みやび、ここ勃《た》ってる」

「っ！」

ここ——と言いながら朔弥さんが指先で指し示したのは、わたしの上半身、胸の膨《ふく》らみの中心だ。ほんのりとピンク味を帯びて色づく頂《いただき》が、何の刺激も受けていないのに、ぷっくりと勃《た》ち上がっている。

「行儀が悪い。洗ってるだけなのに」

「やぁっ……！」

「よく見せて。どうして何もしてないのに、こんなになってるんだ？」

片方の膨《ふく》らみの輪郭《りんかく》を持ち上げて、朔弥さんは頂《いただき》を覗《のぞ》き込む。

そんな風にまじまじ見ないでっ——ただでさえ恥ずかしいのにっ……！

「見てるだけで、硬くなっているのがわかる」

言いながら、朔弥さんはもう一方の膨《ふく》らみの輪郭《りんかく》を持ち上げて、また笑う。

「洗うだけで気持ちよくなったなら、こっちはどうだ？」

「やっ、だ、だめっ！」

彼がわたしの脚のつけ根に手を伸ばした。その意図を瞬間的に察知した私は、彼の手を払いのけようとしたけれど、間に合わず――

「どうしてここ、ヌルヌルしてるんだ？」

甘く低い声で、意地悪な質問をする朔弥さん。

彼が触れた部分には、わたしの下肢《かし》が吐き出す快感の証《あかし》が滴《したた》っていた。

「それはっ……あの、ボディソープで」

「嘘を吐くなよ。ボディソープとは感じが違う」

苦し紛《まぎ》れの言い訳を一蹴《いっしゅう》すると、朔弥さんは自身の指先を、滑《ぬめ》りの湧《わ》き出る源《みなもと》に添《そ》えた。

「あっ……！」

「すごく熱い。お湯の熱さじゃないな。それに、トロトロしたのが溢《あふ》れてる」

朔弥さんは滑《ぬめ》りを広げるように、その場所を指の腹で撫《な》で擦《さす》った。

「そこっ、だ、めっ……！」

慌《あわ》てて両脚を閉じるけれど、彼の指先は秘裂に蓋《ふた》をするかのようにフィットしている。小さな抵抗は、指先をさらに秘裂に食い込ませ、刺激を促《うなが》すだけだ。

「そんなに触ってほしいのか？」

指先が密着したのをいいことに、朔弥さんはそう言って指先の第一関節をくすぐるように動かした。

「そうじゃなくてっ……ぁあっ……」

ヌルヌルした指先が、粘膜を優しく擦《こす》る。

朔弥さんが前後に指を動かすと、秘裂の上側に位置する敏感な粒を掠《かす》った。そこから広がる甘やかな感覚に、一瞬力が抜けてしまう。

「危ない」

すかさず、朔弥さんは空いた片手でわたしの背中を抱き留めた。その間も、反対の手は下肢《かし》をゆるゆると刺激している。

「朔弥さんっ……それ、だめっ」

「その割には、ここは物欲しそうに涎《よだれ》を垂《た》らしているが」

指先の触れる入り口からは、わたしの意志には反して、興奮と快感と期待で零《こぼ》れ落ちる蜜《みつ》の量が増えている。

「だって、それは朔弥さんが弄《いじ》るからっ」

「他人のせいにするなよ」

わたしがちょっと怒った風に言うと、朔弥さんはくっくっと声を立てて笑いながら、下肢《かし》に触れる手を離した。

そして、わたしの肩を抱いていた手を再びシャワーヘッドに伸ばす。

ほどなくして、また温かいお湯が流れるようになると、彼は足先からふくらはぎ、膝裏《ひざ》と徐々に高さをつけて泡を流していく。

「身体、冷たくなってないか？」

「だ、大丈夫です」

彼がわたしに悪戯《いたずら》をしている間、冷えてないかと心配してくれているようだ。

……意地悪だけど、さりげなく気遣ってくれるのは嬉しい。大事にしてもらえてるんだな、と思える。

そういう彼は素敵だ。

「興奮して、冷えるどころか火照《ほて》ってるんだろう」

「っ……！」

もうっ。せっかく素敵だなと思ったのに——

朔弥さんはそう囁《ささや》くと、さらにヘッドを動かし、お尻から背中へとお湯をかけていく。

肩まで上昇すると、今度は身体の前側に当て、片方の胸の膨《ふく》らみを包むように触れる。

「ここ、触ってほしかったんだろう」

「あんっ！」

胸の頂《いただき》を摘《つ》まむと、先ほど焦らした分を取り戻すようにくりくりと指先で刺激する。

待ちわびた場所への快感に、わたしは無意識のうちに大きな声を上げていた。いけないと思って堪《こら》えようとするけれど、それを予測していたみたいに彼の指先が真横にスライドし、反対側の頂《いただき》を摘《つ》まんで同じように愛撫《あいぶ》する。

「気持ちいいか？」

「朔弥さんっ……ぁあっ……！」

触れられる快感もそうだけど、シャワーの細かな水圧がもたらす刺激が強烈で、きちんと返事をすることができない。

「答えられないなら、もっと気持ちよくなれる場所を触ってやるよ」

胸元に置いていた指先が、シャワーの水圧と同時に下に降りていく。

脇腹やお臍《へそ》を辿《たど》って、下肢《かし》に行きつくと、人差し指と中指で入り口を広げ、そこにシャワーのお湯を当てる。

「んんんっ……！」

敏感なその部分に加わる刺激は、一瞬思考が停止しそうなほどだった。

何、この感覚。腰が浮いちゃいそうで、頭がぼーっとして……

「泣きそうな顔してる」

あまりにも快感が強すぎて、どうしたらいいのかわからない。

わたしはいやいやをするように首を横に振るので精一杯だった。

特に、指で押し広げられたちょうどその場所にある一番感じやすい突起に、柔《やわ》らかくも鋭い水《みず》飛沫《しぶき》が当たるたびに、快楽のスイッチを強く押されたように身体の中心が痺《しび》れて、身動きが取れなくなってしまう。

「それ、イヤっ……！　朔弥さんっ……！」

シャワーヘッドの位置は変わらない。わたしの大事な場所に、絶えず同じ水圧の水飛沫《みずしぶき》が当てられている。

「ぁああっ……！」

緩急《かんきゅう》のない、無機質な攻めにわたしはすぐ陥落した。

甲高《かんだか》い掠《かす》れ声が、浴室に反響する。朔弥さんは脱力したわたしの身体を支えながら、ようやくシャワーを止めて掛具に戻した。

そして、わたしをそっと抱きしめて、耳元で囁《ささや》く。

「ダメだろう、綺麗にしてる途中だったんだから」

言葉こそ咎《とが》めるようなものだけど、声は優しい。

いつも体温が高いと感じる朔弥さんの身体。だけど、肌を触れ合わせてみると、今はわたしのほうが熱い。単純にお湯を浴びていたせいもあるけれど、それだけじゃないのは、乱れている呼吸でバレているだろう。

「そろそろ俺も気持ちよくなりたいんだが、いいか？　……もう、こんなになってる」

朔弥さんはそう言いながら、わたしをより強い力で抱きしめる。

彼自身がわたしの腹部に押しつけられて——その場所が、硬く屹立《きつりつ》しているのがはっきりとわかった。

「っ！」

お湯で温まったわたしの肌にも、彼のそれが興奮の熱を保っているのが感じられる。

「みやびのせいだから、責任取って」

冗談っぽく言いながら、朔弥さんは洗い場の壁を示して続けた。

「壁に手を突いて。それで、腰を突き出して」

「えっ、ここで……？」

おそらく彼は、このままこの場所で——と、考えているのだろう。

頭では理解できるけれど、いざそれを促《うなが》されると躊躇《ちゅうちょ》してしまう。

こんなイレギュラーな場所で、そういう行為をするのは初めてだ。

「問題があるか？」

「おおありですよっ。そういうための場所じゃないし」

「みやびは意外とカタいところがあるよな。そこがいいんだけど」

「あっ、ちょっと」

朔弥さんは強引にわたしを壁側へ向かせると、有無を言わさずに両手を突かせた。

「と……特別、ですよ。特別っ」

わざと恩着せがましい言い方をして、両手を突く。朔弥さんがわたしの腰を両手でがっちりと掴《つか》んだ。

「ひゃぁっ……！」

軽く開いた両脚の間に、熱いものが触れる。

朔弥さんのだ。

わたしの秘裂を、ゆっくりと擦《こす》るように往復する。

「みやびの中に挿入《はい》りたがってるの、わかる？」

背後から彼が訊《たず》ねる。下肢《かし》の粘膜に触れる朔弥さんは、熱くて、硬くて、大きくて——わたしのことを求めているのだとわかる。

達したばかりの秘裂からは、その名残が滴《したた》っている。名残の蜜《みつ》は朔弥さん自身と絡まり、卑猥《ひわい》な音を立てた。

……そうやって刺激されると、また気持ちよくなってきちゃう。

朔弥さんは愛液に塗《まみ》れたその部分を、ひたすらに擦《こす》りつける。

つるつるした彼の表面が、複雑な形状をしているわたしの秘裂に触れて離れるたびに、甘い刺激がじわじわと広がった。

時折、朔弥さんの張り出た部分が入り口の辺りに引っかかり、腰がきゅんと切なく疼《うず》く。

「……繋《つな》がってないのに、繋《つな》がってるみたいだろう」

「っ、は……はい」

確かに、そう感じる。でも、やっぱりもの足りない。

触れ合ってはいるけれど、わたしの入り口をノックしているだけで、決して中には踏み入ってこないその動き。

微《かす》かな寂《さび》しさを覚えるのと同時に、朔弥さんを膣内で感じたいという衝動が、ムクムクと湧《わ》き上がってきた。

「どうした、腰を押しつけてきて」

それは無意識に身体の動きにも反映されていたようだ。朔弥さんの、少し喜んだ声が聞こえた。

「このまま、ほしいか？」

「んっ……はいっ」

わたしは素直に頷《うなず》いた。

下腹部のジリジリと灼《や》けるような熱を、静めてほしい。

「こんな場所でもいいのか？」

「い、意地悪言わないでくださいっ……切ないんです、擦《こす》れてるところ」

昂《たかぶ》ってきたところで、さっきの言葉を持ち出してくるなんて、やっぱり朔弥さんは意地悪だ。

「はっきり言わないと、わからないな。どうしてほしいんだ？」

「朔弥さんの……このまま、挿《い》れてっ……」

「素直にねだられたら、その通りにしないわけにいかないな――」

朔弥さんは小さく笑ってから、大きめに腰を引いた。そして、そのまま一気に奥を目指して突き入れる。

「ぁあっ……!!」

愛液でコーティングされていたその部分が膣内に挿入《はい》り込むのは簡単だった。彼を難なく受け入れてしまう。

その質量を感じながら、身体に馴染《なじ》ませようと浅い呼吸を繰り返す。

「……っ、中がきつく締《し》めつけてくる」

「んんっ、朔弥さんので……いっぱいになっちゃってるっ……」

彼のもので隙間なく満たされると、圧迫感はあるものの、身体だけではなく、心の中まで満たされるのが不思議だ。

繋《つな》がっている相手が、大好きな朔弥さんだからそう思えるのだろう。

「動いていいか？　俺も、みやびをもっと感じたい」

「はいっ……動いて、くださいっ——ぁあっ……！」

彼が律動を始める。

後ろから貫《つらぬ》かれると、普段とは違うところが擦《こす》れるせいか——繋《つな》がった場所から新鮮な快感が溢《あふ》れて、頭の中が蕩《とろ》けそうだ。

「あんっ、朔弥さんっ……はぁあっ……！」

朔弥さんがいつもよりも深いところまで挿入《はい》ってきている。わたしの気持ちいいところを擦《こす》って、突いてくるたびに、悦楽の声を上げずにはいられない。

「こうして突いたら、違う場所に当たって……イイだろう？」

彼が少し体勢を変えたのが、膣内の感触でわかった。擦《こす》れ合う角度や位置が変わり、快感がさらに蓄積《ちくせき》されていく。

わたしは滑《すべ》らないように気をつけながら、湯気や自分の手の汗で濡《ぬ》れた壁にしがみついて、身体を支えた。

「もっと感じさせてやる」

必死なわたしに対して、多少息を弾ませているものの、朔弥さんはまだ余裕があるようだ。悠然《ゆうぜん》と告げたのち、腰を掴《つか》んでいた手が片方離れた。

そして次の瞬間、わたしの胸の頂《いただき》が優しく摘《つ》まれる。

「ひゃんっ！」

思いがけず別の場所に快感が生じ、反射的に背を仰《の》け反《ぞ》らせて刺激から逃れようとした。けれど、朔弥さんが腰を掴《つか》んでいるもう一方の手を離さなかったので、それは叶わなかった。

「さっき、ちゃんと可愛がれなかったから」

先ほど焦らしたから、胸の先を愛撫《あいぶ》しようとしているらしい。下肢《かし》だけでもどうにかなりそうなのに、そうやってさらに追い立てられたら――

「あっ、それっ……やぁあっ」

「気持ちいい？　両方転がしてあげようか」

「ぁああっ……！」

腰を掴《つか》んでいたほうの手も、胸元に伸びてくる。

二つの胸の膨《ふく》らみのその先っぽを、朔弥さんの指先がきゅっと捕らえ、磨《す》り潰《つぶ》すような手つきでくりくりと弄《いじ》る。

気持ちいい場所を一度に三ケ所も刺激されると、快感も三乗して、より鮮烈なものになる。

その間も、身体の中心を穿《うが》つリズムは変わらない。むしろ、わたしの快感を煽《あお》るように激しくなっていく。

気持ちいい――気持ちよすぎて、おかしくなるっ……！

「朔弥さん、もうっ、わたし……気持ちよくてっ……こんな、お、お風呂なのに、我慢できない……！」

強い昂《たかぶ》りで、目の前がチカチカして見える。もともと湯気で薄ぼんやりとしていた景色が、余計に不鮮明に映った。

「本当は、ベッドまで耐《た》えてほしかったが」

朔弥さんは片手をスライドさせて、再び腰の位置に持ってくる。

ふっ、と背後で彼が小さく笑う。

「――でも、感じているみやびを見てたら……このまま、がいいなっ……！」

急《せ》くような朔弥さんの台詞《せりふ》を合図に、突然、律動のスピードが速くなった。

「ああんっ!!」

片手ながらも、腰を掴《つか》む手のひらは力強い。反対側の手は絶えず胸の頂《いただき》に甘く切ない刺激を送り続けている。

膣内で感じる彼の熱は、挿入直後よりも確実に質量を増し、その切っ先から欲望が解き放たれるタイミングを窺《うかが》っているようだった。

朔弥さんも、わたしの身体で限界まで気持ちよくなってくれている。

こんな風にわかりやすい反応があるのは嬉しい。

彼が、わたしを好きでいてくれている証拠のように思えるからだ。

「みやび、いい……？」

「あっ、ん……はいっ……!!」

わたしは無我夢中で答えた。最奥を突く腰の動きが、いっそう速まる。

そして——首筋から肩にかけての滴《したた》りが、水滴なのか汗なのかわからないくらい熱くなった身体を震わせ、わたしは高みに上り詰めた。

「あっ——ああっ……!!」

体の内側からどうしようもなく込み上げてくる切ない感覚によって、身体が一気に緊張し、そして弛緩《しかん》する。

わたしの膣内が激しく痙攣《けいれん》したあと、朔弥さんが自身を素早く引き抜いた。直後、背中や腰に熱いものが降りかかる。

「……せっかく綺麗にしたのに、また洗わないとだな」

「あっ、そう……ですね」

背後から聞こえてきた困ったような声に、わたしはまだ乱れた呼吸の中、苦笑しつつそう返した。

◆　◇　◆

「朔弥さん、明日の予定は？」

ケージの中では、夜行性のだいふくが一生懸命回し車を回している。そのカラカラという乾いた音と、わたしの問いが重なった。

入浴を終えたわたしたちは今、お揃《そろ》いのパジャマに着替え、寝室で寛《くつろ》いでいた。

あのあと、結局もう一度朔弥さんに身体を洗ってもらって――もちろん、二回目は言葉通りに洗ってもらっただけで平和にすんだけど――、ようやく一日の疲れを洗い流すことができた気がする。

寝心地のいいキングサイズのベッドにふたり並んで座る。

「朝は遅い。昼に打ち合わせがあるが、それまではフリーだ」

「そうなんですね」

答えるわたしの声は、わかりやすく弾んでいると思う。

朔弥さんと一緒にいられる時間は限られている。だからこそ、ふたりきりで過ごせるリミットが伸びるのは本当に嬉しい。

「家を何時に出れば間に合いそうですか？」

「十一時くらいまでに出ればいいか」

「わかりました」

どうやら、明日のお昼くらいまでは、最高にハッピーな気分でいられそうだ。

わたしが静かに喜びに浸《ひた》っていると、彼がベッドサイドから床に降りて立ち上がった。

「もう寝よう。みやびも、今日は忙しかったんだろう。ゆっくり休むといい」

明かりを消しに行く彼の背に、わたしは明るい声を投げた。

「そうですね。今日は、ぐっすり眠れそうです」

部屋の明かりを消し、朔弥さんが再びわたしのいるベッドに潜り込んでくる。

「おやすみ」

「おやすみなさい」

どちらからともなくベッドの中心に身体を向けて、向かい合う形で目を閉じた。

3

翌日――いつもよりも少し遅めに起きたわたしは、パジャマ姿のまま、わたしよりもさらに寝坊《ねぼ》助《すけ》な朔弥さんが目覚めるまでの間に簡単な朝食を作っていた。

トーストにベーコンエッグ、それに、トマトとレタスのサラダという、シンプルかつ王道な朝食メニューだ。

……あ、バターを出しとかなきゃいけなかった。

冷蔵庫にバターを取りに行った足で、キッチン棚の引き出しを開ける。カトラリーを収納してあるエリアからバターナイフを取り出し、ダイニングテーブルへと戻った。

食後のために、コーヒーメーカーもセット済みだ。香ばしくていい匂いが、リビング全体に漂《ただよ》っている。

――よし、準備は万端。起こしに行こう。

リビングを出て、まだ寝息を立てているであろう朔弥さんのいる寝室に向かった。

部屋の中央にあるベッドを見ると、予想通り、彼はまだ夢の中にいるようだ。

「朔弥さん。おはようございます」

わたしは片膝だけベッドに乗り上げ、彼の肩に手を乗せた。

「ん……」

彼の耳元で呼びかけると、横向きに寝ている彼の唇から、呼吸とも声とも判別のつかない音が零《こぼ》れ落ちる。

彼は比較的寝起きがいいほうだと思う。多忙のせいか、眠りにつくのも早いし、目覚めるのも早い。だから、わたしはアラームのような役割をするだけでいいので、とても楽だ。

「朔弥さん。起きてくださ――わっ！」

肩に乗せていた手を揺らしていると、その手を彼に取られて、ぐっと引っ張られた。

寝起きの割には強い力で、わたしはバランスを崩し、彼の身体に覆《おお》い被《かぶ》さる体勢になる。そのまま、彼と唇が重なった。

ぷにっとした感触は一瞬で、すぐにその唇は離れていく。

「……おはよう」

「お、おはよう、ございますっ」

……びっくりした。これがおはようのキス、っていうヤツなんだろうか。

まるで恋愛ドラマのワンシーンみたいだ――とかドキドキするわたしに対して、仕掛けた本人は伸びなんかして、澄《す》ました顔をしている。

「朝ごはんできてますよ。食べましょう。先にリビングに戻ってますからっ。ゆっくり来てくださいね」

今のわたしは、きっと赤い顔をしている。それを悟《さと》られるのが恥ずかしくて、言いたいことを一方的に捲《まく》し立てると、逃げるように寝室を出て、リビングに戻った。

そして、キッチンのシンクの前に立ち、熱を保った頬に両手を当てる。

――不意にああいうことをされると、びっくりするじゃない！

なんてことを心の中で言いながら、実はすごく嬉しかったりする。

朔弥さんに、彼女として大事にしてもらえている――と、実感できるからだ。

顔から熱が引いたころ、朔弥さんがリビングの扉を開けた。

彼と向かいあって腰かける。

「じゃ――いただきます」

「いただきます」

わたしのあとに、朔弥さんも小さな声で続ける。

彼は添《そ》えられたフォークを手に取ると、まずベーコンエッグの黄身の中心を突いた。半熟の黄身が蕩《とろ》けて、こんがり焼かれたベーコン上に広がる。彼はそれをフォークで切り取るようにして口に入れた。

「美味《おい》しいですか？」

「ああ」

そう頷《うなず》く朔弥さんの口元には、微笑が浮かんでいる。

「よかった」

あぁ、幸せだな。こんなに幸せで、いいのかな、わたし。

人生というのは、本当に何が起こるかわからない。

あの暑い夏の日、朔弥さんがうちの店を訪ねてきてくれなかったら、わたしと彼が付き合うのはおろか、お店の存続や――下手したら、わたしは生きてすらいなかったかもしれない。

これ以上ないくらいに、現実が上手くいきすぎている。だからこそ、いつかしっぺ返しがくるんじゃないかと、怖くなるのだ。

……あー、ダメダメ。そんなに弱気になったって仕方がない。

今のこの、幸せな状況が現実だってことを、素直に受け入れなきゃ。

無理やり自分を納得させていると、食事の手を止め、わたしの顔をじっと見つめていた朔弥さんが、おかしそうに噴《ふ》き出した。

「ど、どうしたんですか？」

「いや、百面相」

「あっ」

無意識の間に、思考と表情が連動していたらしい。……うう、恥ずかしい。

「みやびといると、退屈しない」

そう言ってわたしを見つめる朔弥さんの目が、優しい――気がする。

心の底からそう思ってくれているんだろう。朔弥さんは、本当に思っていることしか言葉にしないと、今ならわかる。

朝食を終え、コーヒーを飲み終えると、朔弥さんが席を立った。

「ゆっくり準備でもしてくる」

わたしは傍《かたわ》らに置いていた自分のスマホで時刻を確認する。

時刻は九時半。十一時に出るのなら、のんびり準備ができるだろう。

朔弥さんは着替えるために寝室へ向かった。わたしは先に洗いものをすませようと、食器をキッチンへ運んで食洗機にセットする。

食事をすませたばかりのダイニングテーブルを拭《ふ》き終えると、わたしもそろそろパジャマを脱がねばと入り口近くの部屋に向かった。

そこは、彼の部屋に来た当初、個室として宛《あて》がわれていた場所だ。

クローゼットを開け、落ち着いた黒の七分袖のカットソーと、カーキ色のロングスカートを選んだ。本当ならパンツを穿《は》きたいところだけど、朔弥さんの前では、少しでも女性らしくいたいと思い、極力スカートにしている。

手早く着替えたあと、簡単にメイクをすませる。続いて髪の毛を整えるために廊下に出ると、バスルームの扉からヘアセットを終えた朔弥さんが出てきた。

ブルーのワイシャツと、ダークグレーのスラックスという組み合わせ。これからネクタイを選ぶところなのだろうか。

「今日のコーディネートなら、ネイビー系のネクタイが合いそうですね」

色のバランスを考えて何気なく言うと、彼は「そうか」と答えた。わたしの意見を採用してくれるみたいだ。

……このやりとり、何だか新婚さんみたいだなぁ。なんてことを思い浮かべてニヤけつつ、入れ替わるようにヘアセットに取りかかる。

何となく髪型が纏《まと》まってきたそのとき、リビングにあるインターホンのチャイムが鳴《な》った。

こんな朝に、誰だろう？

リビングに向かうと、朔弥さんが備えつけのインターホンの前でボタンを操作するところだった。

「っ……！」

いつも冷静沈着《れいせいちんちゃく》な朔弥さんが、画面を見て珍しく動揺している。

どうしたんだろうと彼の肩越しに覗《のぞ》いてみると、画面には若い女性が映っていた。

「何で」

朔弥さんの短い問いに、カメラに映った女性が口を開いた。

「おはよう。今日の打ち合わせで先に目を通してほしい資料があったの。忙しいだろうから、直接持ってきちゃった」

機械越しに、鈴を転がしたような高い声が聞こえてくる。可憐《かれん》かつ親しみが持てるような、魅力的な声だ。

「直接って……」

「いいじゃない。渡すだけなんだし、入れてくれる？」

「……」

朔弥さんは一瞬考えるようなそぶりをしたけれど、仕方なさそうにセキリュティのロックを外すボタンを押して、インターホンの接続を切った。

「……ど、どなたですか？」

そわそわと、彼に問いかける。

「今日のクライアントなんだが……資料を渡すとかで、わざわざ訪ねてきたらしい」

「そ、そうなんですか……」

クライアントが、わざわざ家に訪ねて来る？　これから会うのに？

というか、どうしてクライアントが朔弥さんの家を知っているの？

それに、ただのクライアントだなんて思えないくらい、すごく親しそうな口調だったし――

混乱しているうちに、今度は家の玄関から、インターホンの音が聞こえてくる。朔弥さんが廊下に出ていき、扉を開ける音がした。

「久しぶり、会いたかったわ！」

すぐに、楽しげに弾む声が響く。

思わず、わたしはふたりの会話がよく聞こえるように、リビングの扉に片耳をつけた。

「久しぶり」

「相変わらずそっけないのね。感動の再会なんだから、もっとオーバーに反応してくれたっていいのよ？」

通常営業というか、淡々とした朔弥さんの態度を不満に思ったらしい女性が、冗談っぽく詰《なじ》る。

「いきなり家に訪ねて来られれば当然だろう。それに、そういうのが苦手なのはリョウカも知ってるはずだ」

「うふふ、そうね」

……聞き間違いでなければ、朔弥さんは今、女性のことを「リョウカ」と呼んだ。

リョウカなんて――ファーストネームとしか思えないような響きだ。

「で、資料っていうのは？」

「そうそう、渡さなきゃと思ってるんだけど……それより、だいふくは元気？」

「え？　元気だけど、それより」

「久々にだいふくに会わせてよ。元気な顔が見たいわ」

「おい、ちょっと――」

「お邪魔しまーす」

女性の声が高らかに響いたのち、廊下を歩く足音が聞こえてくる。その音は、少しの迷いもなく、わたしのいるリビングを目指している。反射的に扉から身体を離し、二、三歩下がる。

次の瞬間、扉が開いた。

「あら……？　どなた？」

女性が不思議そうに訊《たず》ねた。わたしは顔を上げて、彼女に視線を向ける。

――えっ、嘘でしょ。すごい美人。

絶句して、もう一度彼女の頭から足元までを目でなぞる。

小さい顔。大きな目に長いまつげ。高い鼻。白くてつやつやした肌。今風のぱっちりメイク。非の打ちどころがない美人だ。ここで出会わなければ、平凡なわたしとなんて一生接点がなさそうな、芸能人のような洗練された顔立ちをしている。

ヘアスタイルは、肩までのブラウンがかった髪を、コテで綺麗に巻いている。メイクと合わせて、大人っぽい雰囲気だ。

服装は、キャメルのリブニットのセットアップ。五分袖のトップスと、くるぶし丈のワイドパンツは、人によってはぼんやりとして野暮ったく見えてしまうものだ。けれど彼女は、スタイルがいいためか、トレンドっぽくきちんと着こなしていた。差し色の赤いバッグが、効果的に全体を引き締《し》めている。

この人は何者？　モデルさん？　女優さん？

どぎまぎするわたしに対し、彼女のほうは納得した風にパッと表情を明るくした。

「あなたがみやびさんね。朔弥の彼女の」

「あっ、はい……若林みやびです」

彼女がわたしの存在を知っていたこともそうだけれど、朔弥さんを名前で呼んでいることに引っかかりを感じる。しかしわたしは、極力それを見せないように丁寧に頭を下げた。

「はじめまして、小野涼華《おのりょうか》です。ごめんなさいね、突然押しかけて」

「い、いえ……」

突然現れた謎の美人さんに、わたしはすっかりうろたえていた。何か言葉を返さなければと必死に考えていたところで、ようやく朔弥さんがリビングにやって来た。

「涼華、俺は家に上がっていいなんて一言も言っていないが」

「あら、昔を懐かしんだっていいじゃない。カタいこと言わないでよ」

顰《しか》めっ面でため息を吐く朔弥さんに、涼華さんは顔だけをそちらに向けて軽く言い放つ。

「昔？　……ここにいらっしゃったことがあるんですか？」

わたしが訊《たず》ねると、彼女はわたしの顔を見てにっこりと笑った。

「いらっしゃったことがある、っていうか……やだ、朔弥ったら、みやびさんに何にも伝えてなかったのね。私のことも、私たちの関係も」

「……え？」

涼華さんの台詞《せりふ》に、心がざわっとする。

「涼華」

「いいじゃない。隠す必要なんてないでしょ。私と朔弥は確かにビジネスを介して出会った戦友だけど、ただの戦友以上にお互いを理解し、信頼し合える関係だって自負してるわ」

そして涼華さんは、明るい口調のまま続けた。

「私ね、昔、朔弥と付き合ってたの」

◆
◇
◆

「どうぞ」

リビングのローテーブルの上に、コーヒーカップとソーサーを三つ並べたあと、わたしがふたりに促《うなが》す。

ソファに朔弥さんと涼華さんが並んで座っている。わたしは、ソファには座らずにローテーブルの下に敷《し》いたラグの上に腰を下ろした。こちらのほうが、ふたりの顔がよく見える。

スティックシュガーとミルクポットも、テーブルの中央に置く。

「私もブラックだから大丈夫よ、ありがとう」

それを見た涼華さんが、にっこりと微笑んで言った。

『私も』というのは、『朔弥さんも私も』という意味だろう。元カノだから、朔弥さんの嗜好《しこう》を把《は》握《あく》しているのだ。何となく、その言い方が面白くないと感じてしまう。

「いろいろとごめんなさいね、みやびさん」

何も入れないコーヒーを一口啜《すす》ったあと、涼華さんが口を開いた。

「でも、以前私も住んだことがある家だし、お邪魔してもいいかなって思っちゃったのよ」

「涼華さん、ここに住んでたんですか？」

「ええ。三年くらい前かしら」

……知らなかった。朔弥さん、涼華さんと同棲《どうせい》してたんだ。

まるで鉛《なまり》を呑み込んだように、気分がどんよりと重たくなってくる。

「私と今日会うってこと、彼女に言わなかったの？」

わたしの表情や様子から、落ち込んでいるのがわかったのだろう。涼華さんがやや声高に咎《とが》めると、朔弥さんは顔を顰《しか》めた。

「みやびには、仕事で誰と会うとか、そういう話は細かくしていないから。そもそも、涼華が家に来るだなんて思わなかった」

そう言って朔弥さんは深いため息を吐く。そして、わたしを示すように手を上げる。

「改めて紹介する。みやびは、最近SNSで人気の洋菓子店『As de coeur』の経営者の娘だ。縁あって店の立て直しを担当した。少し前から付き合っている」

「よ、よろしくお願いします」

朔弥さんの言葉尻に被《かぶ》って、わたしは勢いよく頭を下げた。

「『As de coeur』ね。最近SNSのタグでよく見かけてたから、評判は聞いているわ。いいお店の情報を聞くと、同業者の私も頑張らなきゃってモチベーションが上がるわね」

「同業者……？」

思わず目を瞠《みは》った。朔弥さんがすかさず説明する。

「涼華はこう見えて経営者なんだ。『フルーツパレード』っていうタルト専門店を、聞いたことはないか？」

「あります」

名前を聞いて即答した。都心のデパ地下にあって、季節のフルーツをふんだんに使ったタルトが美味《おい》しいと評判のお店だ。持ち帰り専門だけど、いつもお客さんの行列が絶えない人気店である。

「都内に五店舗展開している。そうだったな？」

「ええ。来年新たに二店舗増える予定だけどね」

朔弥さんの問いかけに、涼華さんが自信ありげに頷《うなず》く。

あんなに有名なお店を経営しているんだ。しかも、お店ができたのはここ数年のはず。それなのに競争の激しい都会に着々と店舗を増やしているみたいだし……すごい。

「俺が今の会社を立ち上げたときに、当時まだ一店舗しかなかった涼華の店から依頼があった。集客数が伸び悩んでいて、このままでは店を手放すしかないという切羽《せっぱ》詰まった状況だった」

その瞬間、わたしのときと似ている、と思った。

「それで朔弥と出会って、付き合うようになったのよ。彼のおかげでお店も有名になったし、仕事は順調だったけど、いろいろあって別れたの。だけど、そのあともビジネス上の連絡は取っていたのよね」

「大事な顧客《こきゃく》だからな」

「そんな割り切った言い方しないでよ。そういうところ、本当に変わってないわね」

ふたりの言葉の応酬《おうしゅう》を聞きながら、コーヒーに砂糖とミルクを入れて、スプーンでかきまぜる。

会うのは久しぶりだと言っていたけど、ふたりの会話はそんなブランクを感じさせないくらい息が合っていた。見ているこちらが、不安になるくらいに。

「それでね、今度ちょっと新しいプロジェクトを始めることになったの。社内会議で、それには朔弥のアドバイスが必要だってことで纏《まと》まって、改めてうちのコンサルティングをお願いすることにしたの」

「仕事は引き受けたが、あくまでそれだけだ。俺には新しいパートナーがいる。もうこんな無茶なことは止めてくれよ」

静かな口調であるものの、彼が困惑しているのは容易に感じ取れる。

話の流れからして、涼華さんが訪ねて来ることを全く予想していなかったのは明白だった。少なくとも彼がそれを良しと思っていないことを確信し、ホッとする。

「わかってるわ、でもせっかく入れてもらえたんだし、だいふくに会わせてよ」

「だいふくに？」

わたしは、オウム返しに訊《たず》ねた。

「ハムスターのだいふく。私が知ってるのはまだ小さかったころだから、今は大きくなってるのかしら……あ、ハムスターは成長しても小さいままよね」

自分で突っ込みながら、涼華さんがふふっと笑う。

もう少し詳しく話を聞いてみると、だいふくは涼華さんと同棲《どうせい》し始めたときにペットショップから迎え入れたのだという。

そういえば、玄関でも久しぶりに会いたいと言っていたっけ。

「ねえ、いいでしょ？　だいふくに会えたらそれで満足だから、外でランチしながら打ち合わせしましょ。寝室にいるの？」

「……こっちの部屋に持ってくる。少し待ってろ」

腰を上げようとした涼華さんより先に、朔弥さんが立ち上がる。そして、リビングを出て行った。

リビングにはわたしと涼華さんが取り残される。

……何だかちょっと、気まずい。

「それにしても、びっくりしたわ。まさか朔弥が彼女を作ってるなんて、思ってもみなかった。それも、こんな若くて素敵なお嬢さんと」

何か話さないと……と思っていると、涼華さんのほうから話しかけてくれた。

口調は一貫《いっかん》して明るく、大人っぽい赤系のルージュが引かれた口元には、笑みが浮かんでいる。

「いえ、そんな。素敵だなんて」

むしろ素敵なのは涼華さんのほうだ。そう続けようとしたら――

「気にしないで、お世辞だから」

……？　えっ？

わたしはもう一度涼華さんの顔を見た。数秒前と変わらず、彼女は品よく笑ったままだ。

今のは聞き間違い？

ところが――

「どうしてあなたみたいに平凡な子が、朔弥のとなりにいるの？　朔弥も朔弥だわ、審美眼《しんびがん》が衰《おとろ》えていってるのかしら。悪いけど、私納得してないわ。あなたが朔弥とお付き合いしてるってこと」

「なっ……！」

続いた台詞《せりふ》に、聞き間違いではという希望が打ち消される。

彼女の表情は相変わらずにこやかで、台詞《せりふ》とまったく噛《か》み合っていない。ちぐはぐで、少し怖い感じすらした。

「朔弥はずば抜けたコンサルティングの才能を持っている人よ。彼が選ぶのは、同じように優《すぐ》れた力を持っている女性だと思ってた。『As de coeur』なんて、話題性だけの一発屋みたいなお店じゃない。将来性も怪《あや》しいし、朔弥がどうして躍起《やっき》になって立て直しを担当したのか理解できない」

「ちょっと、それ言いすぎじゃないですか？」

……黙って聞いていれば、勝手なことを。

わたしだけならまだしも、お店まで貶《けな》されるのは我慢ならない。

「だって、あなたに何があるっていうの？　店を立て直せたのは朔弥のおかげでしょ。あなた自身の努力で成しえたものって、どういうもの？」

「っ……それは」

確かに、今のお店があるのは朔弥さんのおかげだ。

一瞬たじろいだわたしに、涼華さんは容赦《ようしゃ》なく追撃してくる。

「私もね、経営者の端《はし》くれだからわかるのよ、そういうの。朔弥におんぶにだっこでやってきたんでしょ。悪いけど、そういう人の店は近いうちに潰《つぶ》れるわ。絶対にね」

「……」

穏《おだ》やかな語り口なのに、辛辣《しんらつ》な言葉。わたしは俯《うつむ》いて、コーヒーカップに目を落とした。

お店の将来を考えない日はない。わたしだって、今ある幸せは朔弥さんのおかげだってわかってる。

だからそれに胡坐《あぐら》をかかずに、一生懸命やっていこうって決めているけど、第三者に言われるのは応《こた》える。

「私は朔弥に釣り合えるように努力してきたつもりよ。あのころは自分に自信が持てなかったけど、朔弥の力を借りずに店舗数を増やして、安定した顧客《こきゃく》を得た。それが自信に繋《つな》がったわ。だから、そろそろいい時期かなって思ってる」

「……いい時期？」

わたしは思わず顔を上げた。彼女の口角がきゅっと上がり、その顔にうっとりとした満面の笑みが浮かぶ。

「もう一度朔弥と付き合うわ。今度は、結婚を前提に」

「ええっ⁉」

脳天を拳銃《けんじゅう》で打ち抜かれたような衝撃が走った。ぽかんと口を開けてしまう。

「私、そのつもりでいくから……悪く思わないでね？」

同じ笑顔のまま、堂々と言ってのける涼華さん。そのとき、ケージを抱えた朔弥さんが現れた。

「わー、だいふくのケージ！　懐かしい～！」

朔弥さんがリビングに戻ってくると、涼華さんはすぐさま立ち上がり、胸の前で手を組んだりして、オーバーなリアクションでだいふくを迎え入れる。

……さっきまでわたしやお店のことを馬鹿にしていた人の反応とは思えない。この人、いろんな意味ですごい人だ。

朔弥さんは抱えていたケージをダイニングテーブルの上に置いて、小さく息を吐いた。

「ここに下ろしておくから、見るといい。満足したら出るからな」

涼華さんは、朔弥さんの傍《そば》に駆け寄って、だいふくが眠る小屋の中を覗《のぞ》き込む。

「釘《くぎ》を刺さなくてもわかってるわよ。……だいふく〜、出ておいで〜」

わたしは、だいふくに手を差し出しはしゃぐ涼華さんを見つめつつ、これは厄介なことになったのではないか——と、危機感を抱かずにはいられなかった。

4

「はぁ……」

——翌日。週一の休日を満喫《まんきつ》したわたしは、気持ちも新たに仕事に精を出している……はずだった。

困ったことに、数ヶ月前のようなため息が止まらない。

「幸せが逃げるからため息は禁止！」と自分に強く言い聞かせたものの、なかなかコントロールできない。

それでもお客さんが店内にいる時間帯であれば、気を引き締《し》めているためどうにか堪《こら》えられるけど、ひとりになってしまったときにはつい不安な気持ちが零《こぼ》れてしまう。

昨日の涼華さんの言葉が頭から離れない。

ああ、憂鬱《ゆううつ》……再び大きくため息を吐きそうになったところで、ドアベルが鳴《な》った。

「みやび〜、来たよ！」

「あ、佳奈！　来てくれたんだ」

良く見知った顔に、思わず声が弾む。

「しばらくぶりだね、みやび。それに、お店すっごく可愛くなってる。いいねー、すっごくいいよ！」

「ありがとう」

友人の佳奈とは、朔弥さんの仕事を手伝ったり、お店の立て直しがあったりで忙しく、最近なかなか会う機会がなかった。けれど、リニューアルオープンを知らせると、「仕事の休みの日に寄るね！」と、約束してくれたのだ。

佳奈は、しばらく内装や商品の棚などを眺《なが》めたあと、わたしのいるカウンターの前にやって来た。

そして、口元に手を当てて小さく唸《うな》る。

「えっと……どうしよっかな。やっぱり話題の『As de coeur』かな。一本ください」

「はい、かしこまりました」

わたしはわざと畏《かしこ》まった口調で言ってグローブをはめると、ショーケースからパウンドケーキを一本手に取り、箱に詰め始める。

「ＳＮＳでめっちゃ人気になってるね。私の友達もお店行ったって写真載《の》せてる子いたよ」

「本当？　嬉しいな」

「最近はやっぱ忙しい？」

「うん。ありがたいことだけどね」

「彼氏とは会えてるの？　お店のコンサルティングしてくれてるっていう」

新しくできた彼氏の存在を、佳奈は知っている。佳奈の口から朔弥さんの話題が出て、連想ゲームのように涼華さんの顔を思い浮かべてしまい、つい手が止まる。

「……うん、会えてるよ。大丈夫」

「そっか、よかった。忙しくてもそういう時間があると頑張れるもんね」

「そう、だね」

しかし前日のことを思い出すと、返事が歯切れ悪くなってしまう。

「どした？　何かあったの」

わたしの様子に思うところがあったらしい。佳奈はちょっと心配そうに眉を顰《ひそ》め、カウンター越しにわたしの顔を覗《のぞ》き込む。

「実はね――」

佳奈の問いかけにふっと心が緩《ゆる》んだわたしは、昨日の出来事を佳奈に話した。

「うーん、元カノ出現か。それはちょっと、面倒なことになっちゃったね」

「うん……」

既に包装の済んだケーキを傍《かたわ》らに、佳奈がさらに続ける。

「元カノって、一度は付き合ったことのある相手だから、もともと好意はあるわけでしょ。それに、男の人って別れた相手のことを美化して、心のアルバムの中に置いておくらしいから、元カノに対してはいい印象しか持ってないことになるじゃん。昔の楽しい思い出ごと愛せるっていうか……」

「楽しい思い出ごと、愛せる……」

佳奈の台詞《せりふ》を呟いて、その意味を噛《か》み締《し》める。納得できる話だと思うと同時に、ヒヤリとした。

元カノの涼華さんが現れて、よりを戻したいなんて言ってアプローチされたら……付き合い始めたばかりのわたしより、昔の楽しい思い出ごと愛せる涼華さんのほうがいいって思うかもしれない。

「あぁ、変なこと言ってごめん！」

「ううん」

わたしが急に無言になったのを、佳奈は自分のせいだと思ったらしい。彼女は気を取り直すように一呼吸置いて、また口を開く。

「不安にさせようと思ったわけじゃないんだ。結局、思い出は思い出だよ。今はみやびと付き合ってて上手くいってるんだから、心配しなくて大丈夫だよ」

佳奈は言いながら、パウンドケーキの入った紙袋を手に取って、にこっと微笑んだ。

「みやびはいつも明るくて天真爛漫《てんしんらんまん》なのがいいところなんだから、あんまり暗くなっちゃだめだよ。せっかく新しい恋を掴《つか》んだんだから、余計なこと考えないでニコニコしてなって」

「うん、そうだね」

「そうそう。……じゃあ、長居してごめんね。また今度落ち着いたらお茶しよっ」

「佳奈、本当にありがとう。またね」

わたしは、一生懸命に励《はげ》ましてくれる佳奈に手を振り、見送った。ひとりになった店内で、佳奈の言葉を思い出し、心の中で呟く。

『結局、思い出は思い出だよ。今はみやびと付き合ってて上手くいってるんだから、心配しなくて大丈夫だよ』

昨日、涼華さんがだいふくと触れ合ったあと、朔弥さんは仕事の話をするといって彼女を家から連れ出した。わたしも、少しして彼の家を出ている。朔弥さんはそのあと、駅の近くのカフェで昼食を取りながら打ち合わせをしたらしい。二時間程度で帰ったとメッセージが入っていたから、それ以上のことは何も起こっていないのだろう——多分。

いや、多分じゃなくて絶対！　彼氏なんだから、信じなきゃ。

そのとき、またドアベルが鳴《な》る。

「いらっしゃいませー」

余計なことを考えないためにも、仕事に集中しなきゃ。

わたしは意識的に声を張って、やって来たお客さんを迎え入れる。けれど——

「っ！」

その人物を見るや否《いな》や、心臓が止まりそうになった。

「こんにちは。素敵なお店ね」

華やかな顔立ちと綺麗にほどこされたメイクに、ヘアスタイル。ボウタイの白ブラウスにベージュのスカートを上品に着こなす女性は、わたしの悩みの種である涼華さんだった。

彼女は丁寧に扉を閉めてから、ヒールの音を鳴《な》らしてカウンターの前までやって来る。

「みやびさんのお店がどんなのか、興味があって来ちゃったの。用事で、近くを通りかかったから」

呆然《ぼうぜん》として口が利けないでいるわたしに、彼女はにこやかに話しかける。

「あ、ありがとうございます」

「なんて、ごめんね、嘘。この辺りに用事なんてないの。私、わざわざこんな下町に出店する計画なんてないから」

淀《よど》みのない先制攻撃だ。昨日と同じように、表面上はフレンドリーにもかかわらず、わたしへの敵対心を少しも隠すつもりがないらしい。

「……そうですか」

心の中では憤慨《ふんがい》しつつ、言葉にできないわたしは、笑みとも困惑とも言えない曖昧《あいまい》な表情を浮かべるだけだ。

「おすすめは何かしら」

「えっと、店名にもなっている『As de coeur』ですね」

「ふうん」

気を取り直し、意識的に明るい声で返事をして、カウンター下のショーケースにあるパウンドケーキを示した。

「恋愛成就のパウンドケーキだったわね。確かにキャッチーな見た目で、女性受けしそう」

「はい。特に若い子が気に入ってくれています」

「じゃあ、それを一本お願いするわ」

涼華さんは、品のいいベージュのネイルで指差す。

「ありがとうございます」

会計をすませ、パウンドケーキを箱に詰めている間、涼華さんはショーケースに視線を向けていた。

ケーキをはじめ、他の焼き菓子などを順に眺《なが》める涼華さんの表情は、真剣そのものだ。同業者として、他店の商品を研究したくなる気持ちはわかる。

「他の商品は地味なのね。何だか、パウンドケーキだけが話題になって消えちゃいそう」

やがて、ショーケースから顔を上げた涼華さんが、少し残念そうに眉を下げて言う。

「朔弥が肩入れしてる店だから、もっと伸びしろがあるのかと思ってたけど……期待外れだったみたいね」

「そんなことありません。実際に売り上げはかなり伸びていますし、朔弥さんも想像以上の効果が出ていると言ってくれています」

ここまで貶《けな》されては、黙っていられない。

そう強い言葉で否定すると、涼華さんはくすっと声を立てて笑った。

「ま、いいわ。私には関係ないし」

そこで一旦言葉を切ると、彼女は笑みを濃くする。

「でも、忠告しておいてあげる。ビジネスにしても恋愛にしても、現状に満足すると、すぐに足を掬《すく》われちゃうわよ」

「どういう意味ですか？」

「朔弥もね、久々に私に会って、まんざらでもないみたいなの。今度は仕事抜きで私と会いたいって。やっぱり、一度愛し合ってた同士って、そう簡単に縁が切れないものよね」

涼華さんの台詞《せりふ》に、わたしは突き飛ばされたような衝撃を受ける。

「……嘘」

「嘘じゃないわよ。この分じゃみやびさんと別れるのも時間の問題かも。ごめんなさいね」

言葉に反し、彼女はちっとも悪びれていない。

……嘘だ。昨日ふたりは打ち合わせをしただけで、そんなやりとりがあったとは聞いていない。

いや、でも、もしそれが事実だった場合、朔弥さんはわたしに話したりするだろうか。

涼華さんの言うように、朔弥さんの気持ちは彼女に傾《かたむ》いているのだろうか？

動揺を隠すように残りの梱包《こんぽう》作業をすませ、それをカウンターに置いた。涼華さんが右手で持ち上げる。その薬指に、ルビーとパールだと思われる石が交互に一直線に並んだ指輪が光っていた。

まさか、その指輪は朔弥さんから贈《おく》られたものだったりする……？

「――ありがたく頂くわ。ケーキも、朔弥もね」

深い赤のリップが引かれた唇が、三日月のような美しい弧《こ》を描く。

彼女はそう言い残すと、踵《きびす》を返して店を出て行った。

暫《しばら》くの間、わたしの頭の中では、彼女が残した言葉がぐるぐると何度も回っていた。

5

涼華さんに触発されたこともあって、わたしはこれからのお店について真面目に考えてみることにした。確かに、朔弥さんに頼りっぱなしじゃダメだ。

リニューアルオープンして慌《あわ》ただしさにもだいぶ慣れはじめた現在、わたしが気になっていたのは販売する商品についてだった。

朔弥さんは、商品を焼き菓子に絞《しぼ》り、パウンドケーキを主力商品に据《す》える選択をした。結果、それが当たって人気を得ることができたけれど、そのうちパウンドケーキが飽きられてしまうのではないか、というのが怖かった。

というのも、パウンドケーキは例のストロベリーのマーブル生地に、同じくストロベリーのパート・ド・フリュイをハート型に流し込んだもののみだ。

何か変化がないと、マンネリを感じてしまうだろう。それを打破するには、バリエーションを増やすしかない。

常時数種類を作るとなると大変だけど、せめてクリスマスやバレンタイン、ホワイトデーなど、イベントのときだけでも、いつもとちがうデザインやフレーバーを取り入れられないだろうか。

見た目やフレーバーが変われば、お客さんの購買《こうばい》意欲もそそられるに違いない。

――そうと決まれば、生地の組み合わせやパート・ド・フリュイの形を考えて、試作品を作ってみよう。

とはいえ、お店を営業している日は夜になるとくたくたになってしまい、難しい。

だから日々の生活では、眠気と格闘しながら情報収集とアイデア出しに努めることにする。たまたま翌週の水曜日は朔弥さんが家を空《あ》け、陵さんも出勤しない日であるとのことだったので、その日に蒲生家のキッチンを貸してもらうことにした。

いつも製菓で頑張り尽くしている両親にはゆっくりしていてほしいこともあり、わたしは今回の新作についての件を、形になるまで秘密にしておきたかったのだ。

『朔弥もね、久々に私に会って、まんざらでもないみたいなの。今度は仕事抜きで私と会いたいって。やっぱり、一度愛し合ってた同士って、そう簡単に縁が切れないものよね』

疲労しているとき、いっぱいいっぱいなとき、失敗してしまったとき――心が弱気になってしまう瞬間に、涼華さんの言葉が頭を過《よぎ》ってしまう。

もちろん、そのたびに変な想像はしちゃだめだ、と自分に言い聞かせている。

涼華さんがそうだったように、経営者としての自信を培《つちか》って、朔弥さんのとなりにいて恥じない人間であれば、きっと大丈夫。朔弥さんは、わたしのほうを向いていてくれる。

朔弥さんが見せてほしいと言っていた——とか何とか言いくるめて、父からパウンドケーキのレシピは手に入れることができた。恥ずかしながらひとりで製菓をしたことはないけれど、手伝った経験はあるし、どうにかなるだろう。

……それにしても、今回もまた会えないのか。朔弥さんはメッセージで「また時間が取れなくて悪い」とは言ってくれたけど……涼華さんが現れてから、彼と過ごせていない。どうしても、嫌な想像をしてしまう。

わたしの知らないところで、朔弥さんと涼華さんは幾度も逢瀬《おうせ》を重ねているんじゃないだろうか？

涼華さんとよりを戻したいと思い始めているんじゃないだろうか？

弱気になるたびに、不安がおしよせる。けれどそれを、頭を振って追い払う。

とにかく頑張らなきゃ。まずは、自分で決めたことを、自分ひとりの力でやり遂《と》げよう。そうすることでわたし自身が成長できる気がするし、その成長した姿を朔弥さんに見せたい。

そう意気込んで、水曜日の午後一、めぼしい材料を用意してわたしは製菓を開始した。

「えーと……レシピ、レシピ」

日々の炊事《すいじ》と製菓では、やることは似ていてもその内容には天と地ほどの差がある。

コピーしたレシピの束を捲《めく》りながら、工程を確認する。

製菓は材料の分量、温度、手順の時間にとても気を遣う。わたしは性格的におおざっぱだからという理由で、これまではほとんど製菓に参加していなかったけれど、もっと父から教えてもらっておけばよかった。

手間のかかりそうなパート・ド・フリュイから先に作り始めたのはいいものの、レシピ通りに材料を入れて煮詰めて、冷ましてみても、一向に固まる気配がない。

どうしてだろうと氷水を浮かべたボウルでさらに冷やしてみたり、冷蔵庫に入れてみたりしても同じだった。

わたしの意識していないところで、不十分な手順があったということなのだろう。まさかこんなところで躓《つまず》くなんて思ってもみなかった。本当にお菓子作りって繊細なんだ。

「仕方ない、もう一回やり直そうか……」

「何をやり直すんだ？」

すると突然背後から、聞き慣《な》れた声がした。反射的に振り向くと、朔弥さんがいた。驚きのあまり、食用色素を取り落としそうになる。

「おっ、おかえりなさいっ」

咄嗟《とっさ》にひっくり返った声が出る。

朔弥さんが帰ってきたことに全く気がつかなかった。

彼には自分の納得のいく形に仕上がってから見せたかったから、試作の様子を見られるのは何となくきまり悪い。手にしていたものを一旦カウンターに置き、タオルで手を拭《ふ》く。

「珍しいな。菓子作りなんて」

キッチンを借りるとは言っても、普段製菓にかかわらないわたしがお菓子作りをしているとは思ってもいなかったのだろう。朔弥さんが至極意外そうに目を丸くしている。

「あっ……えっと。朔弥さんこそ、どうしたの？　仕事は？」

「先方の都合で延期になったから、帰ってきた」

苦し紛《まぎ》れに向けた問いに素直に答えた朔弥さんは、興味深そうに近づいてくる。

「パート・ド・フリュイ……もしかして、パウンドケーキか？」

「あ、はい」

並んでいる材料を見れば、大方見当はつくのだろう。ズバリと当てられてしまった。

「製菓は両親の担当だって言ってたのに。どういう風の吹き回しだ？」

「それは、あの……新商品を作りたくて、その試作を」

「新商品？　いつの？」

わたしの言葉を聞いて、朔弥さんの表情が少し引き締まった気がした。

「まずは、もうすぐ来るクリスマスに向けて……クリスマスっぽいカラーリングとフレーバーのものをと思って――」

「まだ早い」

すべて言い終わらないうちに、彼は首を横に振った。

「バリエーションを増やすことには反対しない。むしろそうしていくべきだと思う。だが、今じゃない。今はより多くの顧客《こきゃく》に店の存在を知ってもらうことと、店側が安定して営業できるように環境を整えることに専念するべきだ。幸い、ＳＮＳを使った宣伝はプラスに作用していて、そこから定期的に新しい顧客《こきゃく》となりうる購買《こうばい》層に情報が拡散されている。新しいことを始めるのは、もう少しあとでもいい」

朔弥さんは、わたしとは違う意見を持っているみたいだった。

「で、でも……うちのウリって、『As de coeur』だけじゃないですか。このまま同じものだけを売り続けるのって、変化がなくて飽きられちゃうような気がして」

「同じクオリティのものを、毎日必要な分だけ作り続けるのはそれだけで骨が折れる。人員が多い店ならまだしも、君の店は家族経営で限られた人数しか製菓にかかわっていない。あれもこれもと最初のうちからやろうとするのはリスキーだ」

「……」

「火曜日のみやびはいつも疲れ切ってる。ご両親もそうだ。三人のうちの誰が欠けても、君の店は成り立たない。であれば、もう少し環境に慣《な》れるのを待ったほうがいい」

彼の言ってることは筋が通ってる。それはちゃんとわかっている。

朔弥さんはプロの立場で、何がお店にとって一番いいのかを教えてくれただけ——。そうわかってはいるけれど、自分が必死に考えて行動した結果を否定されたような気持ちになってしまう。

「ちなみに、何を作っていたんだ？」

「『As de coeur』のクリスマス版として、ベースは深い緑色のマーブル生地と合わせてもみの木のイメージにしたいんです。で、中心には星型にしたレモンのパート・ド・フリュイに、もっとはっきりとした黄色の色味を加えて……」

「どちらも食用色素を使うということか？」

「はい。コンフィチュールではこんなにハッキリした色味は難しいかなと」

コンフィチュールとは、ジャムのことだ。定番の『As de coeur』では、マーブル生地の色味はストロベリーのコンフィチュールを使っているけれど、深い緑色やビビッドな黄色を表現したい場合は、食用色素を頼る他ないと考えたのだ。

だけど、わたしのその思惑《おもわく》に反して、朔弥さんの反応は良くなかった。

「全然ダメだ。話にならない」

彼が少し呆れた様子で言う。

「まず、濃い緑は青系統と同じ食欲減退色だから、全体的に使うのは勧《すす》められない。それに、この店は素朴なイメージで売っているのだから、いかにも食用色素をフルに使っているような商品は店の寿命を縮《ちぢ》めることに繋《つな》がる。コンフィチュールにあるような、優しい色合いにするべきだ」

「わたしも少し迷ったんですけど……でも、SNSに映えるためには色味も大事だと思って。本当は、生地には抹茶を使ったり、星型にはオレンジやアプリコットのコンフィチュールを使おうかとも思ったんですが、発色は食用色素が一番いいですから」

「インパクトも重要だが、老若男女問わず美味《おい》しく食べられるという点も重要だということを忘れるな。店のパウンドケーキは贈答用が多いんだろう。それを食べた人間が次の顧客《こきゃく》になるという流れを意識しろ。そのためには、発色だけにこだわる必要はない」

「……」

「第一、商品開発をするなら、製菓を担当しているご両親に相談したうえで進めないと効率が悪い。作り手の意見を汲《く》むのは基本中の基本だ。それによって提案できるものが違ってくるだろう」

朔弥さんは、あくまで淡々と、かつ理路整然と自分の意見を述べる。

けれど彼の言葉が正論であればあるほど、自分の無力さに腹が立つ。

私もこの一週間、仕事のあと、睡眠時間を削《けず》って新しい商品について真剣に考えてきたのだ。それをいざ形にしようとしただけの段階で、あえなく戦力外通告を出されてしまうなんて。

……わたしはまだ、研究や試行錯誤《しこうさくご》をするレベルにも達していないということ?

「そんな風に、頭ごなしに否定しなくたっていいじゃないですか！」

気がついたら、わたしは朔弥さんにそう叫んでいた。

「わたしだって、ちゃんと頑張りたいんです。そりゃ、涼華さんのお店みたいに何店舗もあるわけじゃないし、朔弥さんのおかげでようやく立て直せたような状況だけど……でも、お店を潰《つぶ》したりなんてしないし、朔弥さんがわたしに呆れて涼華さんのほうに行っちゃったりしないように、成長していく予定なんですから！」

「みやび――」

わたしは朔弥さんの横をすり抜け、ダイニングテーブルの椅子の上に置いていたコートとバッグを抱えると、逃げるようにリビングの扉を開けた。

玄関で靴を履《は》きながら、ただの八つ当たりだなと思って情けなくなったけれど、わたしの足は止まらない。そのまま玄関を出て、エレベーターに乗り込んだ。

自分の起こした行動が的外れだったからって、そのやり場のない怒りを朔弥さんに向けたところでしょうがないのに。

ましてや、涼華さんに言われたことを思い出して彼女を引き合いに出すなんて……こんなの、人として未熟な行動だ。

一階に到着すると、肩にかけたトートバッグの中でスマホが震えているのに気がついた。

画面を見ると、朔弥さんからの着信だ。

――朔弥さん、ごめんなさい。

心の中で呟く。

そういえば、キッチンも汚したまま帰ってきてしまった。

自分があまりにも情けなくて、朔弥さんとどんな風に話したらいいいか、今はわからない。

わたしは深い自己嫌悪《けんお》に陥《おちい》りながら、駅までの道を足早に駆けた。

◆　◇　◆

次の日――どんよりとした気持ちで店頭に立っていたわたしに、耳を疑うような知らせが入ってきた。

それを運んできたのは、クローズ直前の店にかかってきた、一本の電話だ。

「お電話ありがとうございます、『As de coeur』でございます」

「もしもし、みやびさんね？　涼華です」

「あっ……」

電話の主は、なんと涼華さんだった。わたしが一瞬反応に困っていると、彼女はわたしの返答を待たずに続ける。

「あなた、今日自分のお店のＳＮＳは見た？」

「い、いえ、まだです」

「今すぐ見て」

「えっ？」

「いいから見て。話はそれからよ」

「わ、わかりました」

彼女の勢いに押されて、わたしは促《うなが》されるままに店の子機を耳に当てたまま、自分のスマホでＳＮＳをチェックする。

「あっ……！」

店のアカウントに向けて返信をつけるような形で、「ＳＮＳ映えで人気！『As de coeur』のパウンドケーキは、あの人気店のパクリ？」と書かれた投稿《とうこう》が目に入った。

タップして中身をよく読んでみると、どうやら大阪の人気パティスリーに、うちの店のパウンドケーキと酷似《こくじ》している商品があるようだ。

この書き込みでは、実際にそれぞれの商品を比較した写真まで掲載《けいさい》され、その結果、一方的にうちの店がその店の商品をパクった——アイデアを盗んだ、と非難されている。

記事は何日も前から拡散されていたらしく、それについての心ないコメントも嫌になるほど載《の》っていた。

「いくら店の売り上げを上げたいからって、こんなやり方は最低よ」

耳元で、涼華さんの厳しい声が響く。

「ち、違います。これは誤解です、うちは盗作なんて」

「じゃあこの記事はどう説明をつけるの？　こんなにそっくりなのよ。盗作って言われても、言い逃れできないわ」

「で、でも……」

「どんな言い訳をしても、世に出た順番が早いほうがオリジナルなの。商売をしているなら、あなたにだってわかるわよね？」

涼華さんと会話をしながら、ＳＮＳに上げられたそれぞれの商品を比較する。

カットすると現れるハートのエース、というところや、マーブル模様の生地など、確かに特徴は一致している。

「朔弥の顔に泥《どろ》を塗っているって、わかってる？　あなたは、彼の輝かしい経歴に傷をつけた。朔弥はあなたに、盗作の片棒を担《かつ》がされたのよ」

「っ……」

「やっぱりあなたは朔弥に相応《ふさわ》しい女性じゃない。このことは、朔弥にも話しておくから。朔弥と世間に、自分の犯した罪を詫《わ》びることね」

そう言うと、彼女は一方的に電話を切った。

……どういうこと？　どうなっているの？

わたしは子機を定位置に戻して大きく息を吐き、カウンターに突っ伏した。

今日はいつもよりもやけにお客さんが少ないと思っていたけれど、もしかしたらさっきの記事が影響しているのかもしれない。

『As de coeur』が盗作だなんて、そんなのあるわけない。だってあれは、父が母のために作った思い出のケーキなんだもの。

『洋菓子の若林』のときからずっと作り続けてきた大切なものだ。それなのに、盗作だなんて。そんなデタラメ……絶対に許せない。

それにうちの店の間違った情報が、朔弥さんにまで迷惑をかけてしまったなんて。

そんなの絶対にダメだ。彼を巻き込みたくないし、これ以上失望されたくない。

朔弥さんとは、昨日あんな形で家を出てから連絡を取っていない。何回か着信とメッセージはあったけれど、何を言っていいのかわからなくて、わたしが応答していない状態だ。

でも、このままじゃいけない。何とかして誤解を解かないと。お客さんも減るだろうし、大切な朔弥さんも失ってしまうかもしれない。

わたしは手早く閉店作業を終えると、折りたたみの椅子を一脚出して座り、スマホを操作した。

うちのケーキが盗作でないことは、わたしがよくわかっている。ということは、盗作を謳《うた》ったあの記事が間違っているに違いないのだ。

どうしてそんな誤解が起こってしまったのか、該当《がいとう》記事をよく調べてみれば、何かわかるかもしれない。

「……このアカウントで最初に盗作の記事が上がったのは、十一月十四日か」

例のアカウントにて最初の投稿《とうこう》がされた日付を調べて、スマホの中のスケジュール機能と照らし合わせる。今からおよそ二週間前の、水曜日だ。その日は確か、朔弥さんの家に泊まっていて……涼華さんと初めて会った日だった。

十一月十四日を皮切りに、それから一日に二回、同じ内容の記事が更新され、日を追うごとに拡散数が増えている状況だ。

わたしは何か違和感のようなものを覚えつつ、今度は投稿《とうこう》されている画像に注目する。

盗作に関する記事に使われている画像は毎回同じものだ。うちのパウンドケーキと、大阪のとある店舗のパウンドケーキ、二つを比較したその画像を丁寧に観察する。

けれど、相手方の店舗の商品を見たことがないし、そこのウェブページを見て該当《がいとう》商品と比べようと思ったけれど、載《の》っていなかったりで、検証のしようがない。

困ったと思いつつ、アカウントの投稿《とうこう》記事を一つずつ順に見ていく。

「……？」

わたしはスクロールする手を止めた。

盗作の記事のほかにも、投稿者《とうこう》はうちの店に関するネガティブな内容を発信している。

ある日の投稿《とうこう》に、「『As de coeur』のケーキ買ってきた。盗作の味はやっぱりイマイチ」と、うちの店のケーキと、それを右手人差し指で示す画像が載《の》せられている。

うちのお店のお客さんが、こんな投稿《とうこう》を繰り返しているというところが、また悲しい。再び落ち込みかけるけれど、自分を叱咤《しった》して検証を続ける。

この手はおそらく投稿《とうこう》者のものなのだろう。細くしなやかな女性の指だ。

綺麗に塗られたベージュのネイルに、薬指の根本には、赤や白の石が交互に並ぶ指輪が見える。

わたしはこの手を、どこかで見かけたことがあるような気がする。

いつ見たんだっけ。この指。ベージュのネイルに、赤と白の石がついた指輪――

「あっ」

わたしは小さく声をあげた。

涼華さんだ！

彼女と初めて会った次の日、店を訪ねてきた彼女は、確かに『As de coeur』を買っていった。

となれば、犯人は涼華さん？

その仮説は、他のどんな可能性よりも一番納得できる気がした。

……酷い。

彼女の目的は、わたしが原因で朔弥さんに迷惑がかかったと言って、朔弥さんと距離をつくらせることだろう。

こんな卑怯《ひきょう》な手を使ってまで、わたしと朔弥さんを別れさせようとするなんて。

わたしの中で、怒りとも使命感ともつかない何かが急速に膨《ふく》らんでいくのがわかる。

何より、わたしをやり込めようとするのに、大切なお店や商品を悪く言われたのが我慢ならなかった。

無実を証明するには、証拠を見つけなければ。

証拠、証拠……何かないだろうか……？

「あらみやびちゃん。お店閉めたんじゃなかったの？」

控《ひか》えめなドアベルの音とともに、扉が開いた。そこには、厨房《ちゅうぼう》から帰ってきたばかりの母の姿があった。夕食の支度があるので、いつも母は父より少しだけ早く帰ってくるのだ。

「……そうだ！　お母さん、ちょうどいいところに！」

母の顔を見て、閃《ひらめ》いたわたしは、折りたたみの椅子から飛び跳《は》ねんばかりの勢いで立ち上がった。

「ど、どうしたの？」

「お願いがあるの、実はね――」

お店の名誉や歴史を守るためにも、このままには絶対にしない。

わたしは、固い決意を胸に、反撃の策《さく》を練《ね》ったのだった。

6

「みやびさん、こんばんは」

次の日の午後六時すぎ。涼華さんが朔弥さんを引き連れて、店にやって来た。

わたしと向かい合うような形で、涼華さんと朔弥さんが横並びになる。

「――ずいぶん商品が売れ残ってるみたい。そろそろ閉店の時間だっていうのに」

それはSNSで盗作疑惑の情報が拡散されているからだ。昨日に続いて、今日も売り上げは芳《かんば》しくなかった。原因を知っているくせに、彼女は白々しい言葉を口にする。

今日の朝一で、涼華さんから電話があった。

朔弥さんが涼華さんの店のコンサルタントを務めるにあたり、SNSでマイナスイメージが出ているわたしの店と関わっていると知られれば、朔弥さんにとっても涼華さんにとっても損失となる。だから、盗作の真偽も含めて、三者で話し合って今後のことを決めたい、と。

わたしはそれを快《こころよ》く了承した。うちの店には突かれて痛いところなんてどこにもないのだ。

「みやび、元気そうでよかった」

「朔弥さんも」

朔弥さんは、わたしの落ち着いた表情を見てホッとしている様子だった。店の盗作疑惑について涼華さんから聞いているはずだから、心配していたのかもしれない。

「さっそくだけど、話をしたいの。場所を変えない？　きっとこの分じゃ、もうお客さんは来ないだろうし」

「お話はここでしましょう。涼華さん、まずはお礼申し上げます」

自分のペースに巻きこもうとしているのだろうが、そうはいかない。わたしは彼女に待ったをかけた。

「涼華さん、盗作疑惑の情報が出回ってることを教えてくださってありがとうございました。あんな事実無根のことが拡散していて驚きました。うちのパウンドケーキは、わたしの父が母にプロポーズするために作った大切なもの。盗作なんかじゃありません」

「口では何とでも言えるわよね。証拠はあるの？　ＳＮＳで騒いでる人たちも、証拠がないと納得しないんじゃないかしら」

「証拠はあります」

わたしは淀《よど》みなく断言すると、自分のスマホをカウンターに置き、ふたりに見えるように向けた。

「さっきわたしがお店のアカウントで投稿《とうこう》した記事を見てください。ここに証拠が載《の》っています」

朔弥さんがわたしのスマホをタップして、記事の全文を展開する。

そこには、盗作の事実はないこと、当初ＳＮＳで投稿《とうこう》していた通りに、昔父が母のために作ったケーキであることが記されている。さらには、当時感激した母が記念に残したいと、ケーキを持った父と撮った写真が添《そ》えられている。写真には、当時の年月日が右下にプリントされていた。

この記事が投稿《とうこう》されるとすぐに、様々な個人アカウントから「安心しました」とか「盗作じゃなかったんですね、よかったです！　また買いにいきます☆」といったようなコメントが寄せられた。

証拠の写真を見て、納得してくれたようだ。

「よくこんな写真が残っていたな。これが、何よりの証拠になる」

「はい。母は昔から写真好きだったので、もしかしたら撮っているかなって。そしたらビンゴでした」

感心した様子の朔弥さんに、わたしは頷《うなず》いて答えた。

ちらりと涼華さんの表情を窺《うかが》うと、彼女はスマホを眺《なが》めながら唇を軽く噛《か》み、面白くなさそうにしている。

「あら、よかったじゃないの疑惑が晴れて」

それでも言葉では、喜ばしいことのように言って、涼華さんは顔を上げた。

わたしは「はい」と頷《うなず》いた。

——ここからが本番だ。

「それで、わたし、あれから自分なりにいろいろ調べたんです。あの記事を投稿《とうこう》している人のこと」

「……ふうん、そうなの」

涼華さんの目を真っ直ぐに見つめて言うと、彼女はわたしの視線から逃れるように目を逸《そ》らした。

わたしはスマホを手に取り操作をして、盗作疑惑について投稿《とうこう》したアカウントのページに飛んだ。

それをまたふたりに向ける。

「投稿者《とうこう》のアカウント、見てもらっていいですか。ここの、この日の画像です」

例の人差し指が写っている写真だ。ベージュのネイルに、薬指にはルビーとパールの指輪がついている。

わたしは涼華さんの右手に視線を向けた。幸運なことに、スマホに映った画像と同じ装《よそお》いだ。彼女もそれにすぐ気がついたのだろう。瞬間的に、カウンターに置いていた両手の爪を隠すように握《にぎ》り締めた。

そんな反応をすること自体が、自分がやったと認めているようなものなのに。

「これはどういうことですか、涼華さん。このネイルに指輪、あなたがしているのと同じものですよね？」

「この指輪……」

朔弥さんが画像の指輪と、涼華さんが身につけているそれと見比べて呟く。

「間違いない、これは君のご両親が、オーダーメイドで作って、君に贈った指輪だろう。俺にそう言って、見せてくれたのを覚えている」

どうやらこの指輪は一点物だったようだ。朔弥さんが厳しい顔で涼華さんを見つめている。

「君はこの店に来たことがあるんだな？　俺には初めてだと言っていたのに」

「……」

朔弥さんの追及に、涼華さんは口を閉ざしている。

「涼華さん、こんなやり方はあんまりです。わたしが気に入らないなら、わたしに文句を言ったらいい。あなたみたいに姑息《こそく》な手を使う人のほうが、朔弥さんには相応《ふさわ》しくないです」

わたしの言葉を受けて、涼華さんは悔《くや》しそうにわたしを睨《にら》んだ。

「だって、納得できなかったのよ……朔弥がみやびさんみたいな子と付き合ってるなんて」

カウンターの上で握《にぎ》る彼女の手に、力が込められる。

「涼華、悪いが君との仕事はもうできない。別の人間を探してくれ」

「朔弥！」

朔弥さんがキッパリと言い放つと、縋《すが》るように彼を見た涼華さんが、悲痛な声をあげる。

「今回涼華がしたことは、コンサルタントとしても、ひとりの人間としても見すごせない。君と一緒に仕事をする気持ちがなくなった。契約の話は白紙に戻そう」

「朔弥……そんな……」

涼華さんは暫《しばら》く朔弥さんの反応を窺《うかが》っていたけれど、彼の気持ちが変わらないことを悟《さと》ると、憤《ふん》然《ぜん》として店を出て行ってしまった。

乱暴に閉められた扉によって、ドアベルがいつもよりも激しく鳴《な》り響く。

「みやび」

涼華さんが去ると、朔弥さんはわたしの名前を呼んだ。

カウンターの外に回り、彼の傍《そば》に出ると、彼がわたしに頭を下げた。

「すまなかった」

「……どうして朔弥さんが謝るんですか」

「みやびを涼華に会わせてしまったから。まさか、涼華がこんなことをするなんて思っていなかった」

「い、いいです。頭を上げてください」

決して朔弥さんが悪いわけじゃない。

「それだけじゃない。さっきの話だと、他にも涼華にいろいろ言われていたんじゃないのか？」

「……はい。涼華さん、まだ朔弥さんのこと好きなんですね。もう一度付き合いたいって言ってました」

「やっぱりそうだったのか。……もう昔のことだっていうのにな。無論、断ったが」

「断った……」

それを聞いた途端《とたん》、わたしは空気が抜けたビニール人形のように身体中から力が抜けて、その場にへたり込んでしまう。

「おい、大丈夫か」

朔弥さんがすぐに駆け寄って屈《かが》み、手を差し伸べる。

その手に掴《つか》まって何とか起き上がると、思わず彼の首元に抱きついた。

「……どうした？」

「だって……朔弥さんが涼華さんと仕事抜きで会いたいって言ってたって聞いて、すごく不安で……わたし、フラれちゃうのかと思って……」

安堵《あんど》で力が抜けてしまったのだ。同時に、両方の目から熱いものが込み上げてくる。

「涼華さんは、仕事の上で朔弥さんに釣り合うように努力したんでしょう。だから今なら堂々ととなりにいられるって……わたしも両親も朔弥さんに頼ってばかりだったから、朔弥さんに飽きられちゃうような気がしてたんです……」

「――それで急に新商品だなんて言い出したのか」

合点《がてん》がいった、という風に朔弥さんが言う。わたしは、彼のスーツの肩口に顔を埋めて頷《うなず》いた。

「……昔のことだから、みやびに伝える必要はないと思ったが……涼華とは、お互い納得のいく理由で別れたんだ。少なくとも、俺の中ではもう終わっている。当然、仕事抜きで会いたいなんて話もしていないし、今さら涼華に言い寄られても、気持ちが変わることはない」

「本当に？」

「本当だ。俺が一度決めたことは曲《ま》げない人間だというのは、涼華もよくわかってる。あれだけ言えば、今後接触はしてこないし、みやびにもちょっかいは出してこないはずだ」

「……よ、よかった……」

それじゃあ、もう涼華さんが朔弥さんに迫《せま》ることはないんだ。

そう思ったら、目尻から一筋涙が零《こぼ》れた。

どうしてだろう。もう安心していいのだから、泣かなくたっていいのに。

ここのところずっと思い悩んでいたものが解消されて、また涙が溢《あふ》れてしまう。

「酷い顔だな」

朔弥さんが涙でぐしゃぐしゃになったわたしの顔を、親指で拭《ぬぐ》って小さく笑った。

「酷い顔にしたの、誰ですかっ」

「わかってる、悪かった」

わたしが怒ってみせると、彼は笑ったまま謝る。そしてなぜか、もう一度肩に顔を埋めさせるように、わたしの背中をぽんと叩いた。

「……可愛いよ。そういう顔も」

——聞こえてきた台詞《せりふ》に、心臓が爆発しそうだ。

「涼華と比べる必要なんかない。今俺は、みやびのことだけ見てる。それでいいだろう」

「はい」

わたしが頷《うなず》くとともに、朔弥さんがゆっくりと近づいてきて、唇が重なる。

「みやび……ちょっと付き合ってほしいことがあるんだが」

「え？　あ、はい……」

涼華さんのことがスッキリしたわたしは、迷わず頷《うなず》いていた。

けれど後々、わたしは安請《やすう》け合いしてしまったことを後悔するのだった——

◆
◇
◆

「朔弥さんっ……こんなのっ、あっ……！」

その日の夜。平日にもかかわらず蒲生家に赴《おもむ》いたわたしは、キッチンのカウンターに背を預けて、朔弥さんの頭を抱いていた。

上半身は何も身につけず、左右の胸の頂《いただき》には八分に立てられた生クリームが落とされている。

朔弥さんはそれに、まるでスイーツでも食べるみたいにぱくりとかぶりつく。

「甘くて美味《おい》しい」

そう言って、もう片方の頂《いただき》のクリームにも舌先を伸ばし、舐め取る。

先ほど朔弥さんは「付き合ってほしいことがある」と言った。

何かと思って詳しく聞いてみたら――こういうことだったわけだ。

水曜日に、わたしがパウンドケーキの試作品を作るために買っておいた材料の中に、生クリームを見つけたからだろう。ケーキの外側にクリームでデコレーションすれば、冬とか雪っぽい雰囲気が出て、よりクリスマス感を演出できるかもしれないと思って、ついでに買い物カゴに入れたのだ。

朔弥さん曰《いわ》く、うちの店の商品としては、日持ちがしなくなるのであまり使わないほうがいいんじゃないかということで、使う機会はなさそうという話になったけど……朔弥さんったら、いったいどういうつもりなんだろうか。急にこんなマニアックなことをし始めるなんて。

クールで知的な彼が、こんなアブノーマルなことをするようなイメージは全然なかったのに。

「い、いつまでするんですか、これっ」

「俺が飽きるまでだ」

朔弥さんは自分勝手なことをのたまいながら、片手でステンレスのボウルを持ち上げる。

そこに入っていた泡だて器でクリームを掬《すく》うと、またわたしの両胸の頂《いただき》を隠すようにして載《の》せた。

「んっ……」

クリームの柔《やわ》らかくて冷たい感触に、思わず声が洩《も》れる。

「気持ちいいのか？」

「そんなことっ……あぁっ……！」

載《の》せられたクリームを、朔弥さんがまた食べる。

彼の唇が、舌が、敏感な頂《いただき》に直接触れて変な気持ちになってくる。

ふわふわでひんやりしたクリームが肌に載《の》ると、今までに体験したことのない未知の感触を覚えた。

さらに、こんなアブノーマルなことをしているという背徳感と、じわじわと染み出てくるような快感がセットになって、官能をくすぐられる。

「こんなに先が膨《ふく》らんでるのに、気持ちよくないのか？」

クリームはなくなっているはずなのに、朔弥さんは先端を丹念《たんねん》に舌で舐め、唇を使って吸い上げる。

「意地悪っ……わかってるくせにっ……」

気持ちよくない、はずがない。これだけ喘《あえ》がされているのに。

さっきからずっとこの調子で、やんわりとした愛撫《あいぶ》が繰り返されるばかり。

もっと、違うところもしてほしい。しかし、新たにクリームを載《の》せられ、それを舐め取られる生殺しな刺激に意識を乗っ取られて、言葉にできない。

「まるでデコレーションケーキだな」

胸の先端を探り当てるように舌先を動かした朔弥さんが、その部分をつんつんと突く。

「苺《いちご》の載《の》ったデコレーションケーキ。ここ、苺《いちご》みたいに赤くなってる」

「あうっ……」

何度も何度も舐められて、突かれて、甘噛《あまが》みされて。赤くなった頂《いただき》を苺《いちご》に例えた朔弥さんは、またすべてのクリームを舐め取ったあと、先端をちゅっと吸い立てた。

「こんなに熟《じゅく》して。どうりで甘いわけだ」

執拗《しつよう》に攻められたせいで、胸の先は痛いくらいに敏感になっている。

「違う場所もデコレーションしてみようか」

彼はそう言って、わたしの穿《は》いていたロングスカートのホックを外した。

やっと解放されたと思う気持ちと、それを少し残念に思う気持ちの半々だったけれど、違う場所という言葉により、胸の鼓動《こどう》が速まる。

するすると衣擦《きぬず》れの音を立てながら、スカートが足元に落ちた。

朔弥さんは少し屈《かが》んで、スカートをわたしの足元から引き抜く。彼の視線の先には、裸同然のわたしの姿がある。

今やわたしの身を守っているのは、レース素材のショーツのみだ。彼はそれも躊躇《ためら》いなく脱がせてしまうと、わたしを覆《おお》うものは何一つなくなってしまった。

キッチンで裸になるなんて、すごく恥ずかしい。

わたしが自分の身体を隠そうとしたところで、再び立ち上がった朔弥さんに止められる。

「それじゃクリームが塗れないだろう」

「あぁ、んっ……」

胸からお腹、腰に伸ばされたクリームは、火照《ほて》った肌の熱に融《と》かされて、時間が経つと垂れ下がっていく。へたったクリームを、彼は泡だて器の先端を使い、恥丘《ちきゅう》から入り口の辺りにかけて塗っていく。

ふわふわした感触に慣《な》れなくて、やっぱり変な声が出た。

「できた。さっそく、食べさせてもらうからな」

そう宣言したあと、彼はまた上半身から、広げたクリームを食べていく。

全身を舌で愛撫《あいぶ》されるときとは少し違って、クリームの油分がヌルヌルして……肌に伝わる刺激も大きい。

胸、脇腹、腰の辺りを舐め取ったあと、朔弥さんは片膝を床についた。そのまま、恥丘《ちきゅう》のクリームを舐め取るため、腰の辺りに手を添《そ》え、下肢《かし》に顔を埋める。

「あっ、んんっ……はぁっ……！」

身体が熱い。彼の舌と唇が触れる場所から、さらに熱を帯びていくように思える。

もしかしたら、わたしもこの状況に多少なりとも興奮しているのかもしれない。

「どうした？　ここ、いつもよりもすごい」

それは彼にも伝わっているようだった。

入り口の溝《みぞ》に入ったクリームを掻《か》き出すために、舌先を抉《えぐ》るように動かす朔弥さんが、小さく笑いながら訊《たず》ねる。

「わ、わかんなっ……ぁあん！」

「ドロドロに溢《あふ》れてきてる。クリームが太腿《ふともも》まで流れてるの見えるだろう？」

「っ……」

「いや、クリームだけじゃないな、これは」

熱い雫《しずく》が滴《したた》っているのは、もちろん気づいている。朔弥さんに塗られたクリームだけじゃなく、わたしの身体の内側から溢《あふ》れ出たものも一緒に、身体を伝っているのだ。

そんなになるまで身体が反応しているのだと思うと、恥ずかしさで余計に身体が火照《ほて》る。

朔弥さんは指先を入り口に宛《あて》がい、軽く掻《か》きまぜた。そこは粘着質な音を立てて、すでに柔《やわ》らかくなっているようだ。

「解《ほぐ》す必要もないくらいにドロドロだ。どうする、まだ舐めてほしい？」

朔弥さんのサディスティックな目が、下から私を見つめてくる。

そんな目で見られると、身体の奥が疼《うず》いて――自分を抑えられなくなる。

「もう、待てないっ……朔弥さん」

早く朔弥さんがほしい。朔弥さんを感じたい。

カウンターに置かれたボウルの中に、まだ生クリームはたっぷりある。これが尽きるまでじれったい愛撫《あいぶ》を続けられたのでは、こちらの身が持たないし、待てない。

「おいで。すぐに望みどおりにしてやる」

わたしの懇願《こんがん》に、彼は満足気に頷《うなず》いた。そしてわたしの手を取り、リビングのソファに導く。

「ここなら、思いっきりみやびを抱ける」

「朔弥さ――」

名前を呼ぶ唇を、キスで塞《ふさ》がれる。交わる彼の舌先から、クリームの甘い味がした。

唇を重ねたままに、ソファに押し倒される。彼はもどかしそうにベルトを外して、スラックスの前を寛《くつろ》げた。

下着をずり下げて飛び出てきた彼自身は、わたしが触れなくても、わたしの膣内を貫《つらぬ》くときと同じように、逞《たくま》しく反《そ》り返っている。

それを意識した瞬間、身体の中心がカッと熱く燃え上がるのを感じた。

「朔弥さんっ……朔弥さんのが、ほしい……」

「みやび――」

彼も余裕がないのだろう。わたしの両脚を持ち上げ、その中心に彼自身を宛《あて》がった。

「――挿《い》れるぞ……」

「あっ……んんっ……！」

身体を割るように、彼のものが膣内に侵入してくる。愛液で潤《うるお》った内壁を擦《こす》りながら、奥へ奥へと挿入《はい》っていく。

最奥まで達すると、朔弥さんの顔が再び近づいてきた。

わたしは目を閉じ、彼の唇をもう一度受け入れる。舌先で口蓋《こうがい》を撫《な》でながら、彼は律動を始めた。

「久しぶりだから……あまりセーブできないかもしれない」

彼の言葉を裏づけるかのように、初めから下肢《かし》を打ちつけるような激しい動きだった。

とはいえ、身体の中を貪《むさぼ》るようにガツガツと抉《えぐ》られても、今のわたしにはすべて快感に変換される。

力強い抽送《ちゅうそう》に、身も心も蕩《とろ》けてしまいそうだ。

彼の切っ先が気持ちのいいところを何度も掠《かす》めて、わたしの快感を急速に高めていく。

「それ、だめっ……朔弥さん、わたし、おかしくなるっ……何も考えられなく……あぁっ……！」

「おかしくなれよ」

「あんっ！」

身体の内側を攻められながら、胸の先端を舌先で弄《いじ》られる。

上半身と下半身、敏感な場所を一度に刺激されて、自分でもびっくりするくらいに大きな声が出た。

すごい、頭の中が白く染められて――気持ちいい感覚でいっぱいになっていく。

もっとしてほしい。もっと気持ちよくなりたい。

何も考えられなくなるくらい、めちゃくちゃにして……！

「みやびのここ、俺のことを咥《くわ》えて離してくれない」

「ぁ、っんっ……だって、気持ちいいからっ」

羞恥心《しゅうちしん》さえも消えてしまう快感に、躊躇《ちゅうちょ》なく本音が出た。

身体の芯《しん》まで満たされ、朔弥さんと触れる場所すべてがチリチリと灼《や》けつくようで、気持ちいい。

「俺のこと、好きか？」

「好きっ……朔弥さんが、好きなのっ……！」

わたしがそう告げると、どちらからともなく唇を重ねた。

――朔弥さんが誰よりも好き。

あなたの存在がわたしのすべてと思えてしまうくらい。好き。大好き。

口の中も、下肢《かし》も、朔弥さんの熱で熱い。わたしたちの身体が、溶け合ってしまうほどに。

「みやび……」

「朔弥さんっ、わたし、もうっ……だめ、ぁあああっ……!!」

もう、どうにかなってしまいそう。

荒れ狂う海の激しい波のように、絶頂が一気に押し寄せる。

あっという間に、絶頂の荒波に攫《さら》われて高みに上り詰めると、身体の中心もそれに合わせて緊張し、弛緩《しかん》する。

「っ……!!」

朔弥さんも間もなく自身を引き抜くと、わたしの腹部に向け、その切っ先からとろりとした熱いものを吐き出した。

「……俺も、好きだ。誰よりも愛してる」

息を乱しながら、朔弥さんが耳元で囁《ささや》く。

「嬉しい、朔弥さん……」

心地よい疲れに胸を上下させていると、今しがた愛の言葉を囁《ささや》いた唇が、わたしのそれに優しく重なる。

わたしは彼の目一杯の愛情を感じながら、めくるめく幸福感に包まれた。

◆◇◆

年が明け、新年のご挨拶《あいさつ》用にと商品を買い求めるお客さんが落ち着いたころ。

一人で突っ走るのはよくないと朔弥さんの指摘を受けたこともあり、若林家全体——といっても三人しかいないけれど——で会議を行うことにした。

自宅のリビングを会議室代わりに、両親とわたしで今後のお店について意見を出し合い、議論する。

朔弥さんは新商品を出すのはまだ早い、とはっきり言っていたけれど、わたしはどうしても同じ商品だけを出し続けることに不安を覚えていた。

その気持ちを両親に素直に打ち明けると、理解を示してくれて、それならバレンタインデーに向けて、試験的に数量限定という形で少しだけ作ってみようか、という流れになったのだ。

仕事大好きな父はこれにとても乗り気でいるし、母も「素敵じゃない！」と賛同してくれた。

特に父は、鉄は熱いうちに打てと言わんばかりに、フレーバーやデザインなどの案をすぐに出してくれた。

火曜日の閉店後、その資料を準備して店舗で待っていると、仕事帰りの朔弥さんが訪ねて来る。

「お疲れさま。今日は新幹線で日帰り出張だったんですよね。大変でしたね」

「まあ、ほとんど移動時間だったからな」

お店の扉を潜《くぐ》ったときは少し疲れた顔をしていた。

けれど、カウンターの上の資料を見つけると、バッグも下ろさず、コートも脱がずに、すぐに資料を手に取ってチェックしてくれる。

「これがご両親からきた案？」

「そうです。張り切って、たくさんアイデアを出したみたいで」

「今ざっと見ただけでも、いくつかいいのがありそうだ」

「本当ですか？」

「ああ。……俺の考えが絶対ではないから、試しに出してみるのも有りかもしれない。それが若林家の意見であればなおさら、な」

「ありがとうございます！」

朔弥さんは、もう少しお店が潤滑《じゅんかつ》に回るようになってから次の手を打ったほうがいいとアドバイスしてくれていた。けれど、わたしや両親の思いが強いことから、こちら側の意見を認めてくれたのだ。

彼が、わたしや両親のしたいことを見守ってくれていると感じる。

「帰ってまたゆっくり見よう」

「はいっ！」

大げさなくらいに元気よく答えると、彼は満足そうに笑ってから、レジ台のほうを顎《あご》で示す。

「締め作業はもう終わってるのか？」

「もちろん。いつでも帰れますよ」

「今日は何食べたい？」

「えー、そうですね……何でもいいんですけど、今日は寒かったんで温かいものがいいです」

テレビのニュースによれば、今朝は今年で一番の冷え込みだったらしい。

ふと、朔弥さんと出会ったのは夏の暑い日だったな、と思い出した。もう半年も彼と一緒にいるんだ。

……ううん、まだ半年だ。これから先、一年先も二年先も、彼と一緒にいられたらこれ以上望むことなんてない。もちろん、この店のコンサルタントとしてだけでなく、わたしの一番大切な人として。

朔弥さんも同じように思ってくれていれば嬉しいんだけど——

「俺の顔に何かついてるか？」

「あっ、いえいえ」

なんて考えていたら、ついつい凝視《ぎょうし》していたようだ。

「それより、遅くなっちゃうからもう行きましょう。お腹空《す》いちゃいました」

わたしは自分のバッグを手に取ると、反対の手で朔弥さんの腕を引っ張った。

「そうだな、行くか」

――彼との縁が、末永く続きますように。

お店の明かりを消しながら、わたしは心の中で、そう願った。

大好評連載中!
(毎月第2、4金曜日更新)
Miyuki
漫画 ミユキ
Ema Kohinata
原作 小日向江麻
恋の代役、おことわり!
これなら誰が見ても入れ替わったってわからないよ!
ほらっ
さすが双子♡
飲んでみる?
俺に興味があるからでしょ?
ドキドキ
入れ替わりラブストーリーが待望のコミカライズ!
ETERNITY WEBMANGA
エタニティWEB漫画!
無料で読み放題!
他にも人気漫画が多数連載中!!
今すぐアクセス!
エタニティ Web漫画
検索

EB エタニティ文庫

装丁イラスト／相葉キョウコ

エタニティ文庫・赤

いじわるに癒やして

小日向江麻

仕事で悩んでいた莉々《りり》はある日、資料を貸してくれるというライバルの渉《わたる》の自宅を訪ねた。するとなぜか彼からリフレクソロジーをされることに！　嫌々だったはずが彼のテクニックは抜群で、次第に莉々のカラダはとろけきっていく。しかもさらに、渉に妖しく迫られて……!?

装丁イラスト／gamu

エタニティ文庫・赤

誘惑＊ボイス

小日向江麻

ひなたは、弱小芸能事務所でマネージャーをしている25歳。その事務所に突然、超売れっ子イケメン声優が移籍してきた。オレ様な彼と衝突するひなた。でもある時、濡れ場シーン満載の収録に立ち会い、その関係に変化が……!?　人気声優と生真面目な彼女の内緒のラブストーリー！

※エタニティブックスは大人の女性のための恋愛小説レーベルです。ロゴマークの色で性描写の有無を判断することができます（赤・一定以上の性描写あり、ロゼ・性描写あり、白・性描写なし）。

詳しくは公式サイトにてご確認ください。
http://www.eternity-books.com/

携帯サイトはこちらから！

過去の恋愛のせいで、イケメンが苦手な琴美《ことみ》。ある夜、お酒に酔った彼女は社内一のモテ上司・青山《あおやま》と一夜を共にしてしまう！　彼が転勤するのを幸いとなかったことにしたつもりだったが……なんと二年後に再会！　強引さがパワーアップした彼に仕事でもプライベートでも迫られるようになって——!?

B6判　定価：本体640円＋税　ISBN 978-4-434-25445-1

この作品に対する皆様のご意見・ご感想をお待ちしております。
おハガキ・お手紙は以下の宛先にお送りください。

【宛先】
〒 150-6005 東京都渋谷区恵比寿 4-20-3 恵比寿ｶﾞｰﾃﾞﾝﾌﾟﾚｲｽﾀﾜｰ 5F
（株）アルファポリス　書籍感想係

メールフォームでのご意見・ご感想は右のＱＲコードから、
あるいは以下のワードで検索をかけてください。

アルファポリス　書籍の感想　検索

ご感想はこちらから

わたしはドルチェじゃありません！ ～敏腕《びんわん》コンサルのめちゃあま計画《けいかく》～

小日向江麻（こひなたえま）

2019年　1 月　31日初版発行

編集－城間順子・古内沙知・宮田可南子
編集長－塙綾子
発行者－梶本雄介
発行所－株式会社アルファポリス
〒150-6005 東京都渋谷区恵比寿4-20-3 恵比寿ｶﾞｰﾃﾞﾝﾌﾟﾚｲｽﾀﾜｰ5F
TEL 03-6277-1601（営業）　03-6277-1602（編集）
URL http://www.alphapolis.co.jp/
発売元－株式会社星雲社
〒112-0005 東京都文京区水道1-3-30
TEL 03-3868-3275
装丁イラスト－すがはらりゅう
装丁デザイン－ansyyqdesign
印刷－図書印刷株式会社

価格はカバーに表示されてあります。
落丁乱丁の場合はアルファポリスまでご連絡ください。
送料は小社負担でお取り替えします。

ISBN978-4-434-25535-9　C0093